Allan Campbell McLean
Ein Dieb im Dorf

Dieser Band ist auf 100% Recyclingpapier gedruckt.
Bei der Herstellung des Papiers wird keine Chlorbleiche verwendet.

Der Autor:

Allan Campbell McLean wurde 1922 geboren. Er war mehrere Jahre im Dienst der Royal Air Force im Ausland tätig. Anschließend lebte er lange Zeit als freier Autor auf der schottischen Insel Skye. Seine Abenteuerromane ›Am Berg des Roten Fuchses‹, ›Der Herr der Morgana‹ und ›Das Lied der Fremden‹, die ebenfalls dort angesiedelt sind, trugen ihm den literarischen Vergleich mit Scott und Stevenson ein.

Allan Campbell McLean

Ein Dieb im Dorf

Aus dem Englischen von Karl Hepfer

Deutscher
Taschenbuch
Verlag

Titel der englischen Originalausgabe: ›Storm over Skye‹,
erschienen bei Collins Clear-Type Press, London und Glasgow.

Mit einer Vignette von Julian Jusim

Ungekürzte Ausgabe
Dezember 1993
Deutscher Taschenbuch Verlag GmbH & Co. KG, München

ISBN 3-401-04341-2
Umschlaggestaltung: Klaus Meyer
Umschlagbild: Reinhard Kleist
Gesetzt aus der Aldus 10/12·
Gesamtherstellung: Ebner Ulm
Papier: ›Recycling Book-Paper‹
Steinbeis Temming Papier GmbH, Glückstadt
Printed in Germany · ISBN 3-423-70306-7

Wichtige Personen der Handlung

Neil
Roderick, sein Bruder
Peter MacNeil – der Aisling *(der Träumer)*
Kenneth the Soldier *(Kenneth der Soldat)*
Ronald the Fox *(Ronald der Fuchs)*
Red Alistair *(der Rote Alistair)*
Marion, Neils Schwester
Thomas the Marag *(Thomas der Fettkloß)*
Black William *(der Schwarze William)*
Catherine Isobel, Marions Freundin
Angus Malcolm
Fair Duncan *(der Blonde Duncan)*
Ronald der Busfahrer
John der Briefträger
Big Norman *(der Große Norman)* } Söhne des Marag
John Campbell }
Hector der Schuhmacher

Kapitel 1

Von meinem Versteck hoch über der Straße konnte ich nach dem Bus Ausschau halten, ohne selbst entdeckt zu werden. Hinter mir im Osten lagen die Steilküste und das Meer; in dieser Richtung war das Gelände offen und frei, soweit das Auge reichte. Doch der Mann, auf den ich wartete, würde nicht von Osten kommen, und mein Versteck war von keinem anderen Punkt aus zu sehen. Ich hatte es mit Bedacht gewählt.

Ich lag bäuchlings im Gras, das Gesicht gegen einen großen Stein gedrückt, und hielt mich mit den Spitzen meiner Stiefel im weichen Boden fest. Von dieser Anhöhe aus konnte ich das ganze Dorf und seine Umgebung überschauen. Auf allen *crofts* zwischen der Straße und dem Fluß grasten Schafe. Die Mutterschafe waren trächtig und bewegten sich langsam und behäbig. In der Höhe sang eine Lerche unermüdlich vor sich hin, dazwischen hörte ich hie und da das Blöken eines Schafes. Sonst war alles still.

Unter mir erkannte ich das Haus des Aisling neben dem Viehgatter am Ende des Dorfes, mit dem roten Dach des niedrigen, langgstreckten Kuhstalls direkt dahinter. Der

Aisling – was soviel wie »Träumer« bedeutet – hieß eigentlich Peter MacNeil, aber er war mir nur unter seinem Spitznamen geläufig. Er trat, während ich gerade auf sein Haus hinunterblickte, vor die Küchentür, blieb, den Kopf leicht geneigt, einen Augenblick stehen und schaute zum Himmel. Dann ging er zum Stall hinüber und blieb dort erneut stehen, als horche er auf ein ganz bestimmtes Geräusch. Ich dachte, er würde den Stall betreten, denn er hatte die Hand bereits auf der Klinke, aber dann schaute er sich plötzlich um, als wolle er sich vergewissern, daß ihn niemand sah, und rannte zu dem Torfstoß hinüber, der auf einer Bodenerhebung, kaum fünfzig Meter von der Straße entfernt, aufgestapelt lag. Er drückte sich flach gegen den Torfstoß, so daß ich nur den oberen Teil seines Kopfes sehen konnte. Und wieder stand er da, als horche er auf etwas. Er ahnte natürlich nicht, daß ihn jemand beobachtete, denn er konnte davon ausgehen, daß der Torfstoß ihn für jedermann auf der Straße unsichtbar machte.

Wenn er auf jemanden wartete, weshalb wollte er dann nicht gesehen werden? Andererseits – wer wurde schon aus dem Aisling schlau . . . Er war ein komischer Kauz, der dauernd herumlief, als träume er. Niemand hätte sagen können, ob er ganz richtig im Kopf war. Vor langer Zeit hatte er beim Liederfest mit seinen Texten eine Medaille gewonnen. Aber sein Vater, der ein frommer Mann war und vom Liederfest nichts hielt, hatte die Medaille ins Feuer geworfen, und seitdem hatte der Aisling keine Verse mehr geschrieben. Kenneth the Soldier meinte, der Aisling mache die ganze Zeit im Kopf Verse und sehe deshalb immer aus, als träume er mit offenen Augen. Aber meine Mutter war sich nicht so sicher, ob Kenneth da recht hatte. Sie sagte, der Aisling sei keinesfalls ein Träumer, wenn es ums Geld gehe, denn er erziele für sein Vieh stets einen guten Preis auf dem Markt.

Ich folgte mit meinen Augen den Windungen der Straße an der tiefeingeschnittenen Bucht entlang und sah die weiße Gischt schäumend am Ufer hochstieben. Die Luft stand fast still bis auf eine sanfte Brise aus Nordosten, aber der leiseste Hauch aus dieser Richtung genügte schon, um das Wasser in der Bucht in Bewegung zu bringen. Ein blauer Dunstschleier hing über dem Fuß der Berge und verdichtete sich über dem Wasser, so daß der Himmel im Meer zu versinken schien. Zwischen den Bergen auf der einen und dem Meer auf der anderen Seite liegt unser Dorf. An einem milden Apriltag wie jenem – es war der erste schöne Tag des Jahres – ist es eine Wonne, die Nähe des Meeres und der Berge zu spüren. Der Winter jedoch ist für uns eine schlimme Zeit. Es ist schlimm, wenn der Nordwind über das Land fegt, das Meer zu einem entfesselten Ungeheuer werden läßt und den Hagel in wilden Schauern über die ungeschützten Crofts treibt. Das ist die Jahreszeit, in der auf unserer Insel keine Touristen zu sehen sind. Während der kurzen, dunklen Tage gehören die Berge und das Meer uns allein; es sind die Tage, da sich die Leute um ein warmes Torffeuer scharen und Geschichten erzählen. Und in unserem Dorf gibt es eine Menge guter Geschichtenerzähler.

Ich schaute wieder auf die Straße hinab: auf den kleinen Krämerladen, den links und rechts Reihen von Gasflaschen mit ihren gelben Kappen säumten, auf das Häuschen der Krankenschwester mit den hohen, schmalen Torfstößen, die wie ausgestreckte Finger in die Höhe ragten, und auf die nicht weit davon entfernte alte Schmiede. In der Schmiede gab es inzwischen nicht mehr viel zu tun, im ganzen Dorf existierten nur noch drei Pferde, aber die alten Männer trafen sich dort mit Vorliebe, um in Erinnerungen an ihre großartige Jugend zu schwelgen.

Es war ein Glück, daß ich zufällig auf die Schmiede hinunterblickte, sonst hätte ich womöglich Ronald the Fox nicht gesehen. Er war plötzlich hinter dem alten Gebäude hervorgetreten und machte sich langsam über die Crofts davon. Zunächst schien er ziellos von einem Grüppchen grasender Schafe zum nächsten zu wandern; er blieb auf seinen Stock gelehnt stehen, um das eine oder andere seiner Tiere zu begutachten. Dabei entfernte er sich aber ständig weiter von den Häusern, und als er schließlich hinter einer Hügelkuppe verschwunden war, schenkte er den Schafen keine Beachtung mehr, sondern marschierte schnurstracks durch das unwegsame Moor davon, auf das wir unser Vieh zum Weiden bringen. Er schien es sehr eilig zu haben, denn er rannte fast, den Blick auf den Boden gerichtet. Nur gelegentlich warf er einen Blick nach hinten; einmal blieb er unvermittelt stehen und schien zu lauschen. Dann ging er schneller als vorher weiter.

Eine Herde Schafe graste direkt vor ihm; die Tiere hoben den Kopf und trotteten zur Seite. Vier der Schafe trugen sein eigenes grünes Zeichen auf dem Rücken, aber er würdigte sie nicht einmal eines Blicks. Als er eine Anhöhe erreichte, von der aus man die Straße überblicken kann, hielt er an. Er schaute zum Fluß. Ich versuchte seinem Blick zu folgen, aber es war weit und breit niemand zu entdecken. Als ich mich wieder der Anhöhe zuwandte, war Ronald the Fox verschwunden. Es dauerte eine ganze Zeit, bevor ich ihn wieder ausfindig machte. Er lag flach auf dem Bauch im Heidekraut. Ich sah ihn erst, als er den Kopf hob und sein weißes Gesicht sich vom Braun des Moors abhob.

Ronald the Fox war ein durchtriebener Bursche, der hinterm Geld her war, und niemand im Dorf traute ihm so recht. Er war nicht der Mann, der zum Zeitvertreib im Gras lag und die Straße beobachtete, ohne daß irgend etwas für ihn dabei heraussprang. Am meisten Kopfzerbrechen machte mir dabei die Tatsache, daß er so sehr darauf bedacht war, nicht gesehen zu werden. Während ich darüber nachgrübelte, fiel mir der Aisling wieder ein, und ich schaute hinunter zu seinem Torfstoß. Er hatte sich nicht von der Stelle gerührt und lauerte noch immer in derselben Haltung in seinem Versteck. Es waren also inzwischen drei, die die Straße beobachteten! Allerdings war ich wohl der einzige, der bereit gewesen wäre, einen guten Grund dafür zu nennen. Daß der Aisling sich hinter seinem Torfstoß versteckte, bedeutete meiner Meinung nach gar nichts: Ein Mann, der mitten in der Nacht, und dann noch stets bei Vollmond, alleine spazieren ging, der konnte wirklich nicht ganz richtig im Kopf sein. Anders war es bei Ronald the Fox: Er hatte Grips und wußte genau, was er tat. Die Leute sagten, wenn man Ronald aufs Kreuz legen wollte, dann mußte man um einiges früher aufstehen als er selber. Sie alle hatten den Tag nicht vergessen, an dem er mit zwei riesigen Koffern dreist den Hafendamm in Portree entlangmarschiert war. Sogar die Polizisten, die an der Gangway standen, hatten ihm schöne Ferien gewünscht, als er den Dampfer bestieg. Aber die großen Koffer enthielten nicht etwa Kleider, sondern waren bis obenhin voll mit Lachsen. Ronald the Fox verkaufte sie an einen Mann auf dem Festland und machte damit ein sagenhaftes Geschäft. Das war Ronald the Fox, wie er leibte und lebte. Nicht umsonst hieß er »der Fuchs«. Und wenn er jetzt im Heidekraut lag, dann gewiß nur, weil er jemandem nachspionierte und dabei nicht ertappt werden wollte.

Ich ließ den Blick erneut schweifen. In der Ferne sah ich den alten Red Alistair gebückt hinter seinem Pflug gehen. Er zog eine lange Furche, und die Pferde hatten alle Mühe, den steilen Hang hinaufzukommen, an dessen oberem Ende eine aus losen Steinen geschichtete Grenzmauer verlief. Red Alistair war ein guter Bauer, aber es war mir trotzdem schleierhaft, wie er zwei Pferde, vier Kühe und drei Jungbullen durch den Winter brachte. Wir hatten diesmal einen strengen Winter mit viel Schnee im Februar und März hinter uns, und die Futtervorräte waren fast verbraucht. Ja, noch nie hatte ich die Heuberge Anfang April so niedrig gesehen wie in diesem Jahr, und ein paar Tiere bringen keinen Gewinn, wenn man Heu für sie auf dem Festland kaufen muß. Wir hofften alle auf einen frühen Sommer, aber in den Mulden der Berge hingen noch immer Spuren von Schnee, und die alten Männer meinten, es komme noch mehr Schnee, ehe das gute Wetter einsetzen werde. Sie sogen an ihren Pfeifen und spuckten ins Feuer und erinnerten sich an ein Jahr, in dem der Schnee bis Mitte Mai liegengeblieben war. Wenn es in diesem Jahr auch nur noch ein einziges Mal schneite, meinten sie, seien die Schafe erledigt. Bei Schnee gebe es keine Lämmer, denn die trächtigen Muttertiere würden sterben, ehe sie jungten. Und die alten Männer seufzten und schüttelten die Köpfe und prophezeiten schlimme Zeiten.

Kenneth the Soldier war der einzige Mann im Dorf, der über das Geschwätz der Alten lachte, aber Kenneth war selbst ein alter Mann, und alle behaupteten, er habe keine Ahnung mehr. Ich war da allerdings anderer Meinung. Kenneth the Soldier mochte alt und blind und in vieler Hinsicht verschroben sein, aber er hatte in jungen Jahren viel von der Welt gesehen, und es gab wenig, was er nicht wußte. Er verstand mit Vögeln und Tieren umzugehen, und ich habe ihn nie ein böses Wort über irgend jemanden im Dorf sagen hören, anders als Ronald the Fox mit dem langen, verschlagenen Gesicht und Thomas the Marag mit seinem allzu bereitwilligen Lachen; die beiden machten sich ewig über den armen Kenneth lustig . . .

Lassie, meine schwarzweiße Colliehündin, riß mich in diesem Moment aus meinen Gedanken. Sie spitzte die Ohren, und einen Augenblick später hörte ich den Bus im ersten Gang die Steigung heraufschnaufen. Von Ronald the

Fox war nichts mehr zu entdecken. Dann tauchte das karamelfarbene Dach des Busses auf, während er um die letzte Kurve bog und auf das Gatter zufuhr. Ich duckte mich schnell. Der Bus hielt direkt unter mir auf der Höhe des Stallgebäudes. Er schien endlos stillzustehen, ohne daß jemand ausstieg. Schließlich hörte ich ein Auflachen, ein lautes »Wiedersehen«, und der Bus rollte langsam den Berg hinab in Richtung Fluß. Vorsichtig hob ich den Kopf und sah mich um. Auch Ronald the Fox hatte den Kopf erhoben und blickte auf das Stück Straße neben dem Kuhstall. Ich fragte mich, ob er den Aisling sehen konnte, der noch immer hinter seinem Torfstoß kauerte. Sogar Red Alistair war stehengeblieben und starrte, die Hand über den Augen, angestrengt auf die Straße hinunter.

Das alles nahm ich in Sekundenschnelle wahr. Aber mein Interesse galt in diesem Augenblick keinem der drei Männer. Meine Augen und Gedanken waren auf den Mann gerichtet, der dort unten am Straßenrand stand. Den Mann, auf den ich so lange gewartet hatte.

Kapitel 2

Er schleuderte seinen Seesack über die Schulter und schaute sich um wie ein Hund, der die Luft seines alten, vertrauten Reviers schnuppert. Wie gewöhnlich trug er keine Mütze, und er warf mit einer der mir so vertrauten Bewegungen den Kopf zurück, um das schwarze krause Haar aus der Stirn zu schütteln. Dann ging er plötzlich auf die andere Straßenseite und verschwand unter dem Felsvorsprung, der vom Berg her über die Straße ragte. Ich mußte mich sehr zurückhalten, um nicht aufzuspringen und ihm zuzurufen.

Neben mir regte sich etwas. Ich zischte: »Sitz, Lassie«, aber es war schon zu spät. Lassie jaulte auf vor Erregung und war davongestürzt, bevor ich sie festhalten konnte. Sie hatte Roderick erkannt – schließlich war sie ursprünglich sein Hund gewesen.

Ich behielt den Kopf unten. Ich hätte wissen müssen, daß Lassie abhauen würde, sobald sie Roderick entdeckte! Nun ja, wahrscheinlich würde er aber nach Hause gehen, wenn ich selbst nirgends auftauchte, und dann konnte ich ihn immer noch hinter dem alten Steinbruch überraschen, so wie ich es vorgehabt hatte. Bei dem Gedanken mußte ich lachen.

Er würde ganz schön verblüfft sein, wenn ich ihn von hinten überfiel, denn vermutlich dachte er, ich hätte die Ankunft des Busses verpaßt und sei noch zu Hause.

Plötzlich hatte ich das merkwürdige Gefühl, daß jemand hinter mir war, obwohl ich keinerlei Geräusch gehört hatte. Aber bevor ich mich umdrehen und aufstehen konnte, wurde ich am Pullover gepackt und an den Hosenträgern hochgehoben, so sehr ich auch strampelte und um mich schlug. Dann landete ich rücklings im weichen Gras, wo ich lachend und keuchend liegen blieb. Roderick stand, die Hände in den Hüften, über mir; sein schmales, dunkles Gesicht strahlte vor Vergnügen. Lassie war neben ihm. Ich packte ein Stück Kuhfladen und warf es nach ihr, worauf sie einfältig mit dem Schwanz wedelte und davonschlich. Ich erhob mich.

»Wenn Lassie nicht gewesen wäre, hättest du mich nie entdeckt«, sagte ich.

»Ach du meine Güte«, antwortete Roderick, »dein schwarzer Schopf war meilenweit zu sehen. Ich hab dich sofort entdeckt, Junge.« Und dann war er flink den steilen Berg heraufgeklettert und hatte *mich* von hinten überrascht. Mein Bruder Roderick war trotz seines hohen Wuchses wie eine Katze in seinen Bewegungen. Vielleicht würde ich eines Tages genauso groß werden – wobei ich das ehrlich gestanden eher bezweifelte.

Er versetzte mir einen freundschaftlichen Stoß gegen die Brust und sagte: »Na, wie geht es dem Mann im Haus?« Damit zog er mich regelmäßig auf, obwohl es eigentlich gar nicht witzig war, denn ich war in seiner Abwesenheit tatsächlich der Mann im Haus; unser Vater war im vergangenen September gestorben.

»Gut«, sagte ich. »Und du, wie geht es dir, Roderick?«

»Nicht schlecht«, erwiderte er. »Seid ihr alle gesund?«

»Ja«, sagte ich.

Marion war gesund und munter – zu munter, denn sie ließ mich keine Sekunde in Ruhe. Und meine Mutter stand jeden Morgen auf, richtete für uns das Frühstück und sorgte dafür, daß sich Marion rechtzeitig auf den Schulweg machte; danach molk sie die Kühe und erledigte die Arbeit im Haus. Der Tod meines Vaters hatte sie allerdings sehr mitgenommen, und obwohl ihr körperlich nichts fehlte, war sie nicht mehr wie früher. Aber darüber mochte ich nicht reden. Roderick hatte selbst Augen im Kopf, und ich war sicher, daß er sie benützen würde.

»Wie war die Überfahrt?« fragte ich.

»Nicht schlecht«, sagte er, »wir mußten nur endlos in Kyle warten. Ich dachte schon, wir kämen überhaupt nie mehr nach Portree. Der Zug hatte Verspätung.«

»Wer war denn noch im Bus?« Ich wollte natürlich wissen, ob jemand aus unserem Dorf dabei war.

»Bloß ein Haufen alter Tratschweiber«, sagte Roderick, »und Thomas the Marag, und der ist mit seinem Geschwätz fast genauso. Sicher, er hat den miesesten Croft im ganzen Dorf. Der Boden ist so schlecht, daß es sich kaum lohnt, ihn überhaupt zu bearbeiten. Da bleibt ihm natürlich massenhaft Zeit, sein Mundwerk zu betätigen.«

»Das stimmt«, sagte ich. »Er macht sich andauernd über Kenneth the Soldier lustig. Er sagt, Kenneth müsse mit dem Regenschirm ins Bett gehen, damit er nicht naß wird.«

»Na ja, er ist trotz allem ein ganz angenehmer Zeitgenosse«, sagte Roderick. »Hier laufen viel zu viele Leute mit langen Gesichtern herum, und Thomas, der lacht wenigstens und macht Witze, das muß man ihm lassen. Aber was gibt es bei euch Neues? Was hast du die ganze Zeit getrieben?«

Ich bohrte mit den Absätzen meiner Stiefel Löcher ins Gras und sagte betont beiläufig: »Ich soll auf den Bullen aufpassen. Black William holt ihn nächsten Dienstag vom

Schiff ab und bringt ihn mit seinem Lastwagen her. Ich hab den Bullenstall angestrichen, dafür krieg ich noch ein Pfund extra.«

Der Gemeindebulle wurde den Winter über aufs Festland gebracht. Während der ersten sechs Wochen, in denen er wieder hier war, durfte er nur bei schönem Wetter draußen grasen und mußte abends in den Stall gebracht und gefüttert und getränkt werden. Der Gemeinderat hatte diese Aufgabe mir übertragen; ich würde damit mein erstes Geld verdienen.

»Schön für dich«, sagte Roderick. »Da wird sich Ronalds Junge aber ärgern.«

»Nein, der ist beim Militär«, sagte ich. »Aber Ronald the Fox selber ist ziemlich wütend. Er hätte den Job gern für sich gehabt.«

»So ein raffinierter Kerl«, bemerkte Roderick. »Hinter jedem Penny ist der her wie der Teufel hinter der armen Seele, und dabei ist er ein Knicker, wie er im Buch steht. Die Hälfte von dem Ölkuchen würde er an sein eigenes Vieh verfüttern statt an den Bullen. Kein Wunder, daß er wütend ist.«

»Ich brauch deinen Stock«, sagte ich, »den dicken Rohrstock.«

»Den sollst du haben«, versprach Roderick, »und ich komme auch mit, wenn der Bulle ausgeladen wird.«

Ich muß etwas zu selbstgefällig dreingeschaut haben, denn Roderick blieb stehen und sah, den Kopf leicht zur Seite geneigt, mit halb geschlossenen Augen auf mich herab. Ich wußte, was jetzt kommen würde, noch ehe er den Mund aufmachte. »Du meine Güte, Junge«, sagte er denn auch, »du bist ja seit dem letzten Mal überhaupt nicht gewachsen. Nicht einen Zentimeter.« Er lachte und fuhr mir mit der Hand durchs Haar. »Na ja, ein bißchen vielleicht schon; aber du wirst dich noch gewaltig strecken müssen, wenn du die Hübsche einholen willst.«

Er nannte Catherine Isobel immer nur »die Hübsche«. Catherine Isobel war eine Freundin meiner Schwester Marion. Beide waren ein ganzes Jahr jünger, aber gut fünf Zentimeter größer als ich. Es ist kein angenehmes Gefühl, eine jüngere Schwester zu haben, die auf einen herabschauen kann, und noch schlimmer ist es, wenn ihre Freundin genauso langbeinig ist. Aber ich mochte Catherine Isobel trotzdem sehr gern. Sie war hübsch und frisch wie ein Sommertag und kicherte und alberte nicht den ganzen Tag herum wie Marion. Wäre sie bloß nicht ganz so groß gewesen! Mein Bruder zog mich andauernd mit ihr auf, und die einzige Methode, ihn davon abzubringen, war, überhaupt nicht zu reagieren.

»Die Kühe haben gekalbt«, sagte ich.

»Tatsächlich«, sagte er lächelnd.

Ich nickte. »Zwei kräftige Kälbchen. Red Alistair findet, daß der kleine Bulle ein Prachtkerl ist. Alistairs Weiße hatte selber Zwillinge, aber beide kamen tot zur Welt. Er kann einem leid tun.«

»Tja, das ist natürlich schlimm«, meinte Roderick, »aber mit der Weißen ist's halt wie mit ihrem Besitzer – sie sind beide schon recht betagt.«

»Und die Kuh von Angus Malcolm ist seit vierzehn Tagen überfällig«, fuhr ich fort. »Er hat den Tierarzt kommen lassen. Und von Ronald the Fox ist letzten Sonntag ein Jährling über die Klippen gestürzt.«

»Um das Tier ist es schade«, sagte Roderick, »aber Ronald the Fox, dem gönne ich's.« Er bückte sich nach seinem Seesack, aber ich kam ihm zuvor und schulterte ihn, und dann gingen wir weiter. Lassie trottete gemächlich hinter uns drein. Schließlich kletterten wir über den Zaun, der an der Grenze zu unserem Croft verläuft, und rannten den Berg hinab.

Unser Haus steht am Fuß des Crofts. Dahinter steigt das

Moor an bis zu den Klippen, die jäh zum Meer hin abfallen. Es ist ein solides graues Steinhaus mit einem Schieferdach, in das drei Fenster eingelassen sind. Mein Vater hatte es eigenhändig errichtet mit Steinen, die er aus dem Berghang hinter dem Haus gebrochen hatte. Das alte schwarze Haus, welches mein Großvater vor langer Zeit gebaut hatte, diente uns inzwischen als Kuhstall.

Roderick hatte den Winter über auf Schiffen gearbeitet und war jetzt zurückgekehrt, um uns bei der Bestellung der Felder und der Arbeit auf dem Croft zu helfen. Eines Tages würde ich ebenfalls fortgehen müssen, um Geld zu verdienen; aber das Haus, das mein Vater gebaut hatte, würde stets auf mich warten, wenn ich wieder zurückkam.

Wir waren etwa auf halbem Weg zum Haus, als ich stehenblieb und Roderick am Arm packte. »Da ist etwas, was du wissen solltest«, sagte ich, »und es ist wohl besser, ich sag's dir, bevor wir ganz zu Hause sind.«

Seine scharfen dunklen Augen musterten mein Gesicht. »Dann heraus damit«, sagte er fast schroff.

Roderick war kein Mann, der viele Worte machte, und ich habe nie erlebt, daß ihn irgend etwas überrascht oder gar ratlos gemacht hätte. Doch jetzt, da der Augenblick gekommen war, die Dinge beim Namen zu nennen, wußte ich nicht recht, wie ich beginnen sollte.

»Also«, sagte ich zögernd, »heute abend, bevor der Bus kam, habe ich gesehen, wie sich der Aisling hinter seinem Torfstoß versteckt hat.«

Roderick lachte. »Und?« fragte er. »Du müßtest den Aisling eigentlich gut genug kennen. Der arme Kerl ist nicht ganz richtig hier oben.« Er tippte sich an den Kopf. »Der Aisling hat einen kleinen Dachschaden, genau wie sein Vater und sein Großvater.«

»Aber weshalb sollte er sich hinter dem Torfstoß verstekken?« sagte ich hartnäckig.

»Weshalb kommen manchmal Lämmer mit sechs Beinen auf die Welt?« antwortete Roderick, »oder Kälber ohne Augen oder Kinder mit einem Buckel? Der Aisling ist mit einem verwirrten Kopf geboren, und wenn er sich hinter seinem Torfstoß versteckt hat, dann wird er schon seine Gründe haben.«

»Vielleicht«, sagte ich, »aber wenn ich's recht bedenke, dann bin ich fast sicher, daß er auf den Bus gelauert hat.«

»Wer weiß?« meinte Roderick. »Der Aisling hat früher mal erzählt, er höre Stimmen. Alle haben ihn ausgelacht, und seither hat er die Sache nie mehr erwähnt. Vielleicht hat er ja hinter dem Torfstoß wieder Stimmen gehört. Es ist jedenfalls das beste, man redet nicht davon und läßt ihn in Ruhe.«

»Aber Ronald the Fox ist nicht meschugge«, sagte ich, »und den hab ich zur gleichen Zeit draußen in der Heide gesehen. Er lag auf dem Bauch und hat die Straße beobachtet.«

»Soso«, sagte Roderick nachdenklich. »War das, bevor der Bus ankam?«

Ich nickte.

»Und Red Alistair hat mit dem Pflügen aufgehört, als der Bus kam«, fuhr ich fort. »Ich habe gesehen, wie er die ganze Zeit auf die Straße geguckt hat.«

»Wo sonst kriegt er was zu sehen?« sagte Roderick spöttisch. »Du liebe Zeit, Junge, du bist ja schlimmer als die alten Tratschweiber! Red Alistair lebt allein, und manchmal hat er es halt satt, bloß Kühe und Schafe anzusehen, und dann guckt er, wer aus dem Bus aussteigt. Was besagt das schon? Gar nichts.«

Roderick wollte weitergehen, aber ich hielt ihn fest. »Das ist es ja nicht allein«, sagte ich. »Seit du das letzte Mal hier warst, ist es im Dorf nicht mehr wie früher.«

»Was soll das heißen?« sagte Roderick.

Ich zögerte. Niemand hatte mit mir darüber geredet, aber ich wußte, was die Leute dachten. Wenn man über die Jahre gewohnt ist, im Haus seines Nachbarn zu verkehren, als sei es das eigene; wenn jede Haustür im Dorf stets offen steht und man nirgendwo anzuklopfen braucht; und wenn das alles dann plötzlich ein Ende hat und niemand mehr bei seinem Nachbarn vorbeischaut und ihm frei und offen begegnet – dann kann das doch nur eines bedeuten: daß niemand mehr seinem Nachbarn traut. Und ich kannte auch den Grund, obwohl kein Mensch ihn je laut ausgesprochen hatte und es auch wohl in Zukunft nicht tun würde.

»Was soll das heißen?« sagte Roderick noch einmal.

»Im letzten November«, sagte ich langsam, »als wir die Schafe zählten, da hatte ich fünf Hammel und sechs Lämmer zuwenig.«

»Und?« sagte Roderick scharf. »Das ist doch nichts Besonderes. Ein Hammel kann sich im Moor verlaufen, und ein Lamm kann ertrinken, wenn der Fluß Hochwasser führt, und ein paar von den Viechern entwischen dir sowieso immer.«

»Aber es war nicht bloß bei mir so«, sagte ich schnell. »Den anderen ging es ähnlich: Fair Duncan und Angus Malcolm und Black William und dem Aisling und dem Marag und Red Alistair. Und Ronald the Fox behauptete, er habe mehr Schafe verloren als irgendeiner von uns. Und keins der Tiere ist später je wieder aufgetaucht.«

Roderick runzelte die Stirn und bohrte den Absatz seines Stiefels ungeduldig in den Boden. »Was ist denn genau passiert?«

»Nichts«, gab ich zur Antwort, »nichts, außer daß jeder, soweit ich das sehen kann, seinen Nachbarn wie ein Luchs beäugt. Es war auch die Rede davon, man solle allen verbieten, allein in die Berge zu gehen, aber da waren dann doch einige dagegen.«

»Das ist schlimm«, sagte Roderick leise. »Es ist schon etwas anderes, ob dir Schafe verlorengehen oder ob du jemanden beschuldigst, daß er sie dir stiehlt. Hat denn irgendwer den Verdacht geäußert, daß ein Schafdieb am Werk ist?«

Ich schüttelte den Kopf.

»Na klar«, fuhr er mehr zu sich selber fort. »Keiner würde etwas sagen, aus Angst, sein Nachbar könnte es krummnehmen und auf sich beziehen. Aber trotzdem – so etwas hat es hier noch nie gegeben. Nie. Wenn du dich nicht auf die anderen verlassen kannst, bist du erledigt. Das war ja immer das Schöne hier: du konntest dich auf die Leute verlassen. Der eine oder andere hat vielleicht eine scharfe Zunge, hie und da ist mal einer zu versessen aufs Geld wie Ronald the Fox, aber ich hätte gewettet, daß sie allesamt grundanständig sind.« Er schlug sich mit der Faust gegen die Innenfläche der anderen Hand.

»Himmeldonnerwetter«, rief er, »die meisten sind mit uns verwandt!«

Wir waren beinahe am Haus angekommen, als ich die Hand meines Bruders auf meiner Schulter spürte. Ich blieb stehen und schaute zu ihm hoch. Mit seinem schwarzen Wuschelhaar, das ihm in die Stirn fiel, mit seinem dunklen schmalen Gesicht und dem katzenartigen Gang, der fast etwas Großspuriges hatte, sah er wie ein Seeräuber aus. Aber ich kannte Roderick besser und wußte, was sich hinter diesem Äußeren tatsächlich verbarg.

Er lächelte mir mit seinem raschen, warmen Lächeln zu, und alle Schroffheit war aus seinem Gesicht verschwunden. »Es tut gut, wieder daheim zu sein, Neil«, sagte er. »Schafdiebe hin oder her.«

Ich lächelte ebenfalls. »Schon«, sagte ich. »Aber ohne eine Schar Leute, die dich mit einem *ceilidh* begrüßen, ist es nicht das gleiche.«

»Wir werden ja sehen«, sagte Roderick. Dann gingen wir wortlos den Rest des Weges hinunter zum Haus.

Vielleicht kannte Roderick die Männer in unserem Dorf besser als ich, obwohl er die meiste Zeit fort war und jetzt erstmals seit dem Tod unseres Vaters nach Hause zurückkehrte. Jedenfalls erschienen an jenem Abend vier Männer bei uns, und alle vier kamen, um Roderick zu besuchen.

Kapitel 3

Roderick, meine Mutter und ich saßen zusammen in der Küche. Marion war, nachdem sie abgedeckt und das Geschirr gespült hatte, zu Catherine Isobel hinübergegangen, um sich mit ihr die Zeit zu vertreiben.

Ich hatte den Kühen Heu vorgeworfen, die Kälber gefüttert, den Hühnerstall für die Nacht zugemacht und genug Torfsoden für die nächsten zwei Tage geholt, denn der heilige Sonntag stand bevor. Es ist ein befriedigendes Gefühl, wenn die Arbeit des Tages erledigt ist und man gemütlich im Haus bleiben kann.

Roderick saß zurückgelehnt auf einem Stuhl am Feuer und hatte die Füße auf die glänzende Herdstange gelegt. Er rauchte eine Zigarette und hörte dabei die Neun-Uhr-Nachrichten. Meine Mutter hantierte am Küchentisch und knetete Teig, den sie zu einem großen, kreisrunden *scone* formte. Sie faltete den Teigfladen säuberlich zweimal und legte ihn auf das flache Backeisen, den *girdle,* der an einer Kette über dem offenen Feuer hing. Ich schaute ihr zu, wie sie den Teig wieder aufklappte und über den ganzen Girdle ausbreitete. Es war mir stets ein Rätsel, wie sie es schaffte, daß er nicht zu klein oder zu groß wurde. Aber meine Mutter war geschickt mit den Händen. Ich sah ihr gern zu, ob sie nun eine Kuh melkte, einen Pullover strickte oder eben einen Girdle Scone machte. Sie hatte kräftige, breite Hände mit kurzen, dicken Fingern, und ich hatte noch keinen Tag erlebt, an dem diese Hände untätig gewesen waren.

Ich stellte auf Rodericks Bitten das Radio aus, doch kaum saß ich wieder auf der Bank, da begann Lassie zu bellen. Ich hörte die Haustür gehen und vernahm schwere Schritte in der Diele. Lassie duckte sich, fletschte die Zähne und gab ein bedrohliches Knurren von sich. Dann öffnete sich langsam die Küchentür, und herein trat der Aisling.

Ich behielt Lassie im Auge. Sie stand angriffsbereit mit gefletschten Zähnen da. Es hat schon etwas Unheimliches, wenn ein sonst friedlicher Hund beim bloßen Anblick eines Mannes, der ihm nie etwas getan hat, plötzlich die Zähne zeigt und bösartig knurrt! Ich glaube, wir waren alle wie gebannt, auch der Aisling; keiner rührte sich, bis Roderick schließlich das Schweigen brach. »Bringt den Hund raus«, sagte er ruhig.

Meine Mutter stand auf und beförderte Lassie schimpfend vor die Tür. Erst jetzt wagte sich der Aisling weiter in den Raum. Er gab Roderick und meiner Mutter die Hand und ließ sich auf der Bank neben mir nieder. Vornübergebeugt und mit ineinander verkrampften Händen saß er da und kratzte mit abgespreizten Daumen seinen Stoppelbart am Kinn. Der Ausdruck seines Gesichts war irgendwie leer, als sei er mit den Gedanken weit weg. Wenn man ihn so sah, wurde einem sofort klar, wie er zu seinem Spitznamen gekommen war.

»Nun«, sagte er schließlich mit seiner tiefen, bedächtigen Stimme, »das war ein schöner Tag heute.«

»Ein schöner Tag, ja«, echote Roderick. »Vielleicht fängt ja jetzt das gute Wetter an.«

»Mag sein«, sagte der Aisling. »Gebrauchen könnten wir's schon. Aber ich glaub nicht, daß wir damit rechnen können, solange in den Felsspalten noch ein Fingerbreit Schnee liegt.« Er sprach ganz normal; eigentlich ließ nichts an ihm vermuten, daß er nicht wie andere Männer war, nichts außer seinen Augen. Er hatte kleine, eng zusammenstehende Augen, die wie Irrlichter flackerten. Sein Blick schoß unter den Wimpern hervor und huschte hin und her, und zusammen mit dem unaufhörlichen nervösen Zucken in seinem Gesicht erweckte dies in mir das Gefühl, er könne jeden Augenblick aufspringen und wie ein gehetztes Wild aus dem Haus stürzen.

Lassie fing wieder an zu bellen; ich wollte schon hinausgehen, als Thomas the Marag in die Küche trat. Der Aisling warf ihm einen raschen Blick zu und starrte dann auf das abgetretene Linoleum unter seinen Füßen. Ich war sicher, er verwünschte sich, daß er gekommen war.

Thomas the Marag war ein untersetzter, stämmiger Mann mit einem Oberkörper wie ein Faß und einem hochroten Gesicht. Er hatte eine laute Stimme, die noch lauter wurde, wenn er lachte, und auf seinem Gesicht lag stets ein freundliches Grinsen.

Er grinste auch jetzt, und ich dachte - wie jedesmal, wenn ich ihn sah –, daß er Zähne wie ein Pferd hatte. Er schlug mir auf die Schulter und wandte sich, die Hand weiterhin auf mir, an Roderick. »Du wirst dich beeilen müssen, Roderick«, dröhnte er, »sonst ist dieser Bengel hier bald mit Catherine Isobel verheiratet, und du bist immer noch ohne Frau. Dem Jungen laufen die Mädchen bloß so nach.«

Ich wand mich unter seinem Griff, aber er röhrte vor Gelächter, klopfte mir auf den Rücken und ließ sich schwerfällig auf der Bank neben mir nieder.

Roderick verzog den Mund zu einem Lächeln, doch seine Augen blieben unbewegt, und ich mußte wieder denken, wieviel mein Bruder von einer Katze an sich hatte. Er saß lässig zurückgelehnt auf seinem Stuhl, die Augen halb geschlossen, und rührte sich nicht, und doch strahlte er ein Gefühl geballter Kraft aus – etwas, was dem Marag trotz seines bullig-lärmenden Gehabes fehlte.

»Nun, Roderick, was gibt's Neues?« sagte Thomas, indem er eine dicke schwarze Rolle Tabak aus der Tasche zog und sorgfältig mit dem Messer schmale Scheiben davon abzuschneiden begann.

»Nicht viel«, antwortete Roderick. »Und was gibt's bei dir?«

Der Marag zermahlte den Tabak zwischen seinen Riesenpranken und stopfte sich gemächlich seine Pfeife. Mir schien, daß er seine Worte mit großem Bedacht wählte. »Du siehst ja selbst«, sagte er schließlich, nachdem er die Pfeife zum Qualmen gebracht hatte. »Einen harten Winter haben wir hinter uns, und noch kein schönes Wetter in Sicht, obwohl es heute einmal nicht ganz so schlecht war; das Futter wird allmählich knapp, und die Schafe sind in schlechter Verfassung. Nun, was willst du machen? Es ist ja hier nie anders gewesen. Ein Wetter, das keinen Hund hinterm Ofen vorlockt. Und doch haben wir bisher jedes Jahr überlebt.«

Er lachte laut auf und sah durch die Rauchschwaden, die aus seiner Pfeife aufstiegen, zur Decke hinauf. Roderick sagte nichts.

»Peter, der hat's gut«, fuhr der Marag zum Aisling gewandt fort, der seinerseits hartnäckig auf den Boden starrte. »Mit seiner einen Kuh und den paar Schafen. Frei ist er wie die Vögel unterm Himmel, kein Weib, das ihn überwacht, wenn er aus dem Haus geht oder heimkommt. Stimmt's, Peter?«

Der Blick des Aisling flog zu Thomas, dann hinüber zu Roderick und zurück auf den Fußboden. »Die Vögel sind frei, ja, ja«, sagte er, »und dem Herrgott näher, denk ich, als manches Geschöpf der Erde. Aber noch nie hab ich einen Mann mit Flügeln gesehen.«

»Das ist gut«, schrie der Marag. Er schlug sich vor Entzücken auf die Schenkel. »Das ist wirklich gut, Junge, glaub mir! Verdammt, Peter, aufs Maul gefallen bist du absolut nicht.«

Ich für mein Teil war nicht auf den Kopf gefallen und begriff sofort, worin Thomas mit seiner Bemerkung recht hatte: der Aisling hatte tatsächlich niemanden, der ihn überwachte. Er lebte für sich; und ein Mann, der allein lebte, konnte jederzeit in die Berge verschwinden, ein paar Schafe zusammentreiben und fortschaffen . . . Nur wohin? Vielleicht zu einem einsamen Stück Straße, wo dann ein Lastwagen oder ein kleiner Transporter wartete. War der Aisling wirklich so einfältig, wie er schien? Er hatte dem Marag schlagfertig geantwortet, und seine Tiere verkaufte er stets zu Höchstpreisen, wie sogar meine Mutter bemerkt hatte.

Meine Gedanken wurden durch erneutes wütendes Gebell unterbrochen. Es hörte sich diesmal nach mehreren Hunden an, und meine Vermutung bestätigte sich, als Red Alistair in die Küche trat. Sein Hund folgte ihm auf Schritt und Tritt und war auch jetzt bei ihm.

Red Alistairs rotes Haar war inzwischen weiß, aber trotz seines Alters hielt er sich bemerkenswert gerade, und seine ruhigen grauen Augen blickten einen wohlwollend an. Kaum hatte er sich gesetzt, als auch Ronald the Fox lautlos in der Küche auftauchte. Weder Lassie noch Alistairs Hund gaben einen Laut von sich. Wieso, wußte ich auch nicht, aber Lassie hatte bei Ronald the Fox noch nie gebellt. Er war der größte Schleicher, der mir je begegnet ist, und im Dorf hieß es, wer die Schritte von Ronald the Fox hören könne, der höre auch das Gras wachsen. Er war sehr groß, weit über eins achtzig, wirkte aber kleiner, weil er den Kopf einzog und immer leicht gebückt ging. Thomas the Marag behauptete, er sei so gewachsen, weil er ewig seinen Hals vorstreckte, um all den Klatsch im Dorf auch ja mitzubekommen. Er hatte ein langes, hageres Gesicht mit einer noch längeren Nase. Wenn er redete, faßte er sich immer mit Daumen und Zeigefinger an die Nasenspitze, so daß es aussah, als käme seine Stimme aus der Hand. In unserer Kirche war er Vorsänger und Kirchenältester.

Ronald the Fox redete jetzt gerade mit den Fingern an der Nasenspitze. »Angus Malcolms Kuh hat gekalbt«, sagte er. »Ich habe Licht in seinem Stall gesehen und bin hinübergegangen, um meine Hilfe anzubieten. Das Kälbchen ist ein mickriges kleines Ding. Eine Färse, überhaupt nichts dran. Ich glaube, Angus Malcolm kann von Glück sagen, wenn er nicht schon übermorgen ein Loch für sie schaufeln muß. – Ich selber habe letzten Sonntag ein prächtiges Kalb verloren.« Dabei wandte er sich an Roderick. »Das arme Tier ist über die Klippen gestürzt. Es ist eine Schande, daß da oben immer noch kein Zaun ist! Ich frage mich, weshalb wir überhaupt Pachtzins bezahlen. Das Geld streichen sie ohne weiteres ein, aber von Straßenwartung, Einzäunung oder einer Wasserleitung ist keine Rede. Und wenn dir ein kostbares Tier über die Klippen stürzt, dann will keiner was davon hören. Dabei war mein Kalb wirklich ein Prachttier, und ich hätte einen prima Verkaufspreis dafür erzielt. Aber so geht's einem halt auf dieser Welt!« Ronald the Fox seufzte, streckte seine langen Beine von sich und vergrub das Gesicht in den Händen.

Der Marag lachte. Sofort fuhr der Kopf des Langen in die Höhe. Er zupfte sich an der Nase, seine Augen funkelten. Ich wußte genau, daß er wütend war, aber er klang ganz ruhig, als er sagte: »Am Lachen erkennt man den

Narren, Thomas. Ich kann mir vorstellen, daß du dich totgelacht hättest, wenn es dein Kalb gewesen wäre.«

»Ach, das ist es doch gar nicht«, sagte der Marag ohne den leisesten Anflug eines schlechten Gewissens, »es ist schade um das Tier, aber ausgerechnet du, Ronald, du merkst das doch kaum. Du machst jedes Jahr mehr Gewinn als irgendeiner sonst im Dorf.«

Ronald the Fox schoß das Blut ins Gesicht, und er machte Anstalten aufzustehen. Ich dachte, er würde auf den Marag losgehen, und Roderick schien dasselbe zu denken, denn er erhob sich sofort und blieb mit dem Rücken zum Feuer am Kaminsims stehen. Seine Bewegungen hatten wie immer nichts Hastiges, aber ich wußte, er würde zwischen den beiden sein, bevor sie zum ersten Schlag ausholen konnten.

Ronald the Fox setzte sich jedoch nur etwas anders hin, schob die Hände unter die Schenkel und umklammerte den Stuhlrand. »Jetzt hast du deinen Spaß gehabt, Thomas«, sagte er kurz. »Für mich war der letzte Winter so schlimm wie noch nie. Wenn ich noch ein paar Tiere verliere, dann bringt mir die Schafschur nicht mal genug Geld für ein Faß Salzheringe.«

»Ja, und das gilt ebenso für andere«, erwiderte der Marag, »nur ist von den anderen mancher noch viel übler dran als du.«

Dies war eigentlich die Zeit, die ich bisher am meisten gemocht hatte: wenn Roderick da war und der herrliche Geruch des Girdle Scone über dem Feuer die ganze Küche erfüllte und wenn dann die Männer ihre Geschichten erzählten und ich still in meiner Ecke saß und ihnen zuhörte.

Ja, die Geschichten waren das beste von allem, Geschichten, die dem schweren, blauen Qualm der Pfeifen entstiegen und sich am flackernden Licht des Torffeuers nährten. Es waren Geschichten von Männern und ihren Taten, von Schiffen und fremden Häfen, von Kühen und Schafen und

Roderick ging zum Strand, und so wie er dreinschaute, wollte auch er keine Gesellschaft. Das bedeutete, daß ich alleine war. Zum Glück war noch der Bulle da, um den ich mich kümmern mußte, denn die Zeit wurde mir sehr lang.

Der Aisling wurde am zweiten Mai begraben. Es war ein strahlender, klarer Tag, aber kalt wie im Winter. Ich werde den Anblick nie vergessen, wie der Sarg über den Wiesenhang zum Friedhof am Fluß getragen wurde. Roderick ging mit erhobenem Haupt neben mir, die Haare wild vom Wind zerzaust. Als wir uns dem Krämerladen näherten, hörte ich den lauten Schrei eines Kuckucks. Der Kuckuck rief wieder, als wir am Haus der Krankenschwester vorübergingen, und ein drittes Mal, während die Grassoden sorgfältig auf das Grab des Aisling gelegt wurden.

Ich mußte daran denken, was mir der Aisling in der Dunkelheit der alten Schmiede vorausgesagt hatte, aber die Angst von damals war nichts gegen das, was ich empfand, als ich jetzt den Kuckuck am hellichten Tag schreien hörte. Bei der ersten Gelegenheit, die sich bot, machte ich Roderick darauf aufmerksam. Aber er zuckte mit den Schultern und meinte nur: »Wenn du ein alter Mann bist, kannst du ja eine Geschichte daraus machen, und dann wird dich die ganze Dorfjugend bestaunen und fürchten.«

Nun, so lange habe ich nicht gewartet, um die Geschichte zu erzählen, und im übrigen habe ich nur erzählt, was sich wirklich begeben hat, und nichts dazu erfunden.

Der nächste Tag dämmerte freundlich und hell, später wärmte die Sonne sogar, was fast schon ein Wunder war. Roderick und ich standen in aller Frühe auf und frühstückten, und nachdem ich den Bullen auf die Weide gebracht hatte, zogen wir mit Lassie los, um unsere Schafe zusammenzutreiben.

Zunächst sammelten wir die Tiere, die auf dem Croft grasten, und trieben sie hinauf zur Straße. Dazu brauchte man einen guten Hund: ein schlechter hätte die Lämmer in kurzer Zeit bis zur Erschöpfung gehetzt. Lassie ließ den Schafen viel Platz, und wenn sie ihnen doch einmal zu eng aufs Fell rückte, rief sie ein warnender Pfiff Rodericks wieder zurück. Dann zogen wir landeinwärts in westlicher Richtung weiter, über das Moor zu dem großen Pferch. Auf unserem Weg schickten wir Lassie hie und da los, um abseits grasende Tiere zu holen. Schafe entfernen sich nie weit von der Weide, auf der sie groß geworden sind. Ich kann mich allenfalls an zwei Mutterschafe erinnern, die wirklich streunten. So trieben wir die stetig anwachsende Herde allmählich um den Berg herum bis zum Pferch.

Es gab keinen besseren Pferch weit und breit. Er befand sich direkt unterhalb eines steilen Hügels am südlichen Ende unserer Gemarkung. Die Steinmauern waren vor langer Zeit ohne Mörtel errichtet worden und hielten immer noch stand. Nicht ein einziger Stein war verrutscht, obwohl der Pferch seit Urzeiten in Benutzung war. Das Gatter zum großen Verschlag stand offen.

Alle Schafe des Dorfes drängten sich vor dem Pferch zusammen. Die Hunde strichen um sie herum, und hinter den Hunden standen die Männer. Als schließlich alle Schafe beieinander waren, stellten wir uns in einer Reihe von dem Eingang des Pferches bis zum Bach hinüber auf, damit uns keines der Tiere ins Moor entschlüpfen konnte. Nur Black William und Ronald the Fox waren hinter der Herde geblieben und drängten sie nun zum Eingang.

Die Tiere spürten die Falle und rückten nur widerstrebend weiter. Es herrschte ein unbeschreiblicher Lärm. In das Blöken der Schafe mischte sich das laute Schreien der Lämmer, die von ihren Müttern getrennt worden waren, und das aufgeregte Gebell der Hunde. Die Schafe in der vordersten Reihe wurden langsam auf das offene Gatter zugeschoben. Ein altes Mutterschaf trottete voraus, blieb einen

Augenblick stehen und machte dann hastig kehrt, als Roderick es vollends hineinbefördern wollte. Schafe können ganz schön störrisch sein! Die Männer versuchten es mit Klatschen und Geschrei, aber die Schafe weigerten sich hartnäckig, durch das Gatter zu gehen. Schließlich gelang es Roderick, das alte Schaf bei den Hörnern zu packen und in den Pferch zu bugsieren. Drei oder vier weitere Schafe folgten, worauf die restliche Herde fast hysterisch hinterdrein drängte, um ja nicht von den anderen abgeschnitten zu werden. Es dauerte nicht mehr lange, und wir hatten die ganze Herde im Pferch und konnten das Gatter beruhigt schließen.

Dies war der Augenblick, wo sich die Männer normalerweise an der Mauer des Pferchs versammelten: Dann wurde geraucht und geschwatzt, darüber gestritten, welches die kräftigsten und schönsten Tiere waren, gelacht und gescherzt, bevor die wirkliche Arbeit begann. Aber nicht einer machte diesmal Anstalten, eine Pause einzulegen. Ronald the Fox holte sein Messer aus der Tasche, kletterte über die Mauer und rutschte in den Pferch. Black William und Thomas the Marag folgten ihm und bahnten sich auf der Suche nach ihren Lämmern einen Weg durch das dichte Gewimmel von Schafen. Keiner redete.

Ich stieg ebenfalls über die Mauer und stellte mich neben Roderick. Wir schauten uns um, bis wir eines unserer Mutterschafe mit seinem Jungen entdeckten. Ich packte das Lamm und zog es zu Roderick herüber. Der drückte die scharfe Klinge seines Messers an das rechte Ohr des Lamms und machte damit zwei säuberliche Schnitte, wobei er aus dem oberen Teil des Läppchens ein kleines Dreieck herausschnitt. Das Lämmchen strampelte natürlich und versuchte sich zu befreien, aber ich hielt es fest. Das Messer war so scharf, daß es den Schnitt nicht spürte; das Ohr blutete kaum, weil es an der Stelle sehr dünn war.

Im Pferch zwischen den Tieren war es heiß. Meine Hände

waren schweißnaß und schmierig von dem fettigen Fell der Schafe. Dennoch trug die Hitze nicht dazu bei, das Arbeitstempo zu verlangsamen. Das Markieren der Schafe war noch nie so schnell gegangen. Alle schienen darauf versessen, die Sache so rasch wie möglich hinter sich zu bringen; kaum einer legte einmal eine Verschnaufpause ein oder rauchte gar eine Pfeife.

Roderick war gerade mit einem Lamm fertig und wischte sich das Messer am Hosenbein ab, als ich jemanden laut schreien hörte. Ich ließ das Lamm los und drehte mich um.

»Laß es in Ruhe«, brüllte der Marag, »laß deine Finger von dem Tier, verdammt noch mal!«

Gemeint war Black William. Der saß in der Hocke mit einem Lamm zwischen den Beinen und war im Begriff, ihm sein Zeichen ins Ohr zu schneiden. William sah überrascht hoch, als der Marag plötzlich über ihm stand.

»Das ist mein Lamm«, knurrte Thomas. »Was fällt dir ein!«

Black William war ein Hüne – groß, langsam und unbeholfen in seinen Bewegungen. Er war auch nicht schnell von Begriff. Dafür war er jähzornig und aufbrausend wie kaum einer. Er schaute Thomas the Marag eine ganze Zeitlang schweigend an. Ich sah, wie sich sein Gesicht langsam verfärbte. Schließlich bellte er: »Ich zeichne meine eigenen Lämmer, und wenn ich damit fertig bin, dann zeichne ich auch den Mann, der es wagt, mich einen Dieb zu nennen!«

Er bückte sich, um das Ohr des Lammes zu markieren, aber bevor er das Messer ansetzen konnte, stürzte sich der Marag auf ihn und warf ihn auf den Rücken. Dabei entglitt William das Messer, das Lamm entwischte und flüchtete sich in das dichte Gedränge der anderen Schafe, wo es jämmerlich nach seiner Mutter blökte.

Black William rappelte sich hoch, ballte die Fäuste und lief auf den Marag zu. Er war der weitaus Kräftigere von beiden. Doch der Marag verließ sich nicht auf seine Fäuste. Als William auf ihn losstürzte, drehte er sein Messer in der Hand um, so daß er es wie einen Dolch vor sich hielt.

Jemand wischte an mir vorbei und brachte mich fast zu Fall. Im nächsten Augenblick blieb Black William wie angewurzelt stehen: Roderick hatte ihm den linken Arm um seinen dicken Hals gelegt und erwürgte ihn fast.

Thomas rührte sich nicht. In seinen Augen lag ein wilder, irrer Ausdruck.

Ich hatte schon manche Auseinandersetzung im Pferch erlebt, bei der sich die Männer beschimpft hatten und handgreiflich geworden waren. Aber dies war etwas anderes. Es war mehr als ein kurzer Zornesausbruch. Hier wirkte das Gift eines monatelangen Argwohns, der alles Gute in einem Menschen so zerfressen konnte, daß er am Ende ein Messer in die Hand nahm und sogar bereit war, es gegen seinesgleichen zu gebrauchen.

Unvermittelt ließ Roderick den Schwarzhaarigen los und sprang mit einem Satz vor ihn. Der Marag wollte zurückweichen, war aber nicht flink genug. Roderick versetzte ihm einen Schlag auf den Unterarm, und das Messer fiel zu Boden.

»Reißt euch zusammen, ihr zwei«, sagte er scharf. »Ihr wollt erwachsene Männer sein?«

Die beiden begannen gleichzeitig zu reden. William beharrte darauf, daß das Lamm, das er gerade hatte markieren wollen, ihm gehörte, während der Marag rundweg erklärte, er würde seine eigenen Tiere überall erkennen und es bestehe nicht der leiseste Zweifel, daß das Lamm ihm gehöre.

»Mit welcher Farbe ist es gezeichnet?« fragte Roderick.

Wieder redeten beide zugleich und sagten, das Lamm habe kein Farbzeichen.

»Wenn es kein Zeichen trägt, woher willst du dann wissen, daß es deins ist?« sagte Roderick zu Black William.

»Es war unter meinem Schaf«, antwortete William. »Unter dem da drüben an der Wand mit dem krummen Horn.«

Der Marag spuckte aus. »Jetzt ist es aber nicht bei ihm«, sagte er höhnisch. »Jeder Dummkopf weiß, daß ein Lamm im Pferch, wenn es Hunger hat und seine Mutter nicht findet, sich ans erste beste Mutterschaf hängt und trinkt. – Das Lamm gehört mir«, wiederholte er stur. »Ich hab's draußen vor dem Pferch entdeckt, wie es an einem meiner Mutterschafe trank. Es hat einen weißen Fleck auf dem Kopf, der wie ein Stern aussieht.«

»Gut, das muß geklärt werden«, sagte Roderick, »und zwar sofort, bevor ein weiteres Tier in diesem Pferch markiert wird. Bringt Williams Schaf, das mit dem krummen Horn, in den Schuppen.«

Fair Duncan packte das Schaf und zerrte es zum Schuppen. »Da ist das Lamm«, rief Hector der Schuhmacher. Wir folgten seinem ausgestreckten Finger und entdeckten tatsächlich in der hintersten Ecke des Pferchs ein nicht gezeichnetes Lamm mit einem weißen Fleck auf dem Kopf, der ungefähr die Form eines Sterns hatte. Es stand bei einem Schaf, das die Markierung des Marag trug.

»Ist dies das Lamm?« fragte Roderick. William und Thomas nickten beide.

»Und ist dies das Schaf, von dem du sagst, es sei die Mutter?« wandte sich Roderick an Thomas. Der zögerte einen Moment, dann nickte er wieder.

»Sperrt das Schaf von Thomas und das Lamm auch in den Schuppen. Das Schaf zuerst«, sagte Roderick.

Fair Duncan packte das Schaf und Angus Malcolm das Lamm. Alle Männer drängten sich um die Tür zum Schuppen, als das Schaf hineingeschoben wurde. Es war totenstill, während Angus Malcolm das Lämmchen hinter der Tür auf den Boden setzte.

Das Lämmchen blökte, einmal, zweimal, schaute sich

um, warf die Hinterbeine in die Höhe und hüpfte zum Schaf des Marag hinüber. Es ließ sich auf die Knie fallen und suchte gierig nach den Zitzen der Mutter.

»Das Lamm gehört Thomas«, sagte Roderick.

»Ja, das Lamm gehört Thomas«, echoten alle anderen.

Roderick wandte sich zum Marag.

»Markier das Lamm, Thomas.«

Der Marag nahm sein Messer, ging in den Pferch und markierte das Lamm vor unseren Augen. So ist es Brauch bei uns seit jeher: Sobald eine Streitigkeit im Pferch entschieden ist, wird das Urteil öffentlich vollzogen, und damit ist der Fall ein für allemal erledigt.

Als der Marag sich erhob und die Klinge seines Messers am Jackenärmel abwischte, meinte Black William: »Das Lamm war trotzdem bei einem meiner Schafe und sieht auch aus wie eines von meinen Tieren.« Er blickte trotzig in die eisigen Mienen ringsum, aber niemand antwortete ihm.

»Wenn ein Pferch so voll ist, kann es leicht vorkommen, daß man sich irrt«, sagte Roderick. »Und das Lamm hatte kein Zeichen auf dem Rücken. Ja, da kann man sich leicht irren.«

»Dann hab ich mich halt geirrt«, sagte der Schwarze mürrisch. »Aber wenn mich einer einen Dieb nennen will, kriegt er meine Fäuste zu spüren.«

»Ach, sei doch still«, sagte der Marag.

Roderick blickte erst den einen, dann den anderen an und sagte mit aller Entschiedenheit: »Die Sache ist erledigt. Kein Wort mehr!«

Die beiden grollten noch immer, wandten sich jedoch voneinander ab. Und da niemand sonst etwas sagte, kehrten die Männer langsam wieder an ihre Arbeit zurück.

Das Markieren der Schafe ging weiter, aber ich beobachtete, wie die Männer immer wieder böse Blicke in Black Williams Richtung warfen. Ronald the Fox ging schließlich zu ihm und redete auf ihn ein. Er hatte ihm die Hand auf den Arm gelegt, als wolle er ihn besänftigen, aber William schüttelte die Hand ab und stampfte davon. Der Lange zuckte die Achseln und widmete sich erneut seiner Arbeit.

Das Markieren dauerte bis zum frühen Abend. Nachdem wir damit fertig waren, trieben wir die Herde hinunter zur Furt. Und als wir uns dem Fluß näherten, merkte ich wohl, wie die Männer allesamt auf das große Becken starrten, in dem der Aisling ertrunken war. Doch noch immer redete niemand.

An der Furt war der Fluß kaum einen Fuß tief, so daß wir die Herde, ohne viel Zeit zu verlieren, auf die andere Seite brachten. Von dort trieben wir sie über das Moor hinauf in die Berge. Etwa einen Kilometer vom Fluß entfernt erreichten wir die ersten Hügel. Das Gelände stieg nun steil an, und hie und da brachen Stellen mit nacktem Fels und Steingeröll durch die dünne Erdschicht. Als ich über die Schulter zurückschaute, sah ich unter mir unser Dorf liegen. Wie ruhig und friedlich es schien! Ein Fremder, der es so gesehen hätte, hätte nie geahnt, was für ein Aufruhr bei uns herrschte.

Wir zogen weiter, immer weiter. Schließlich erreichten wir den Zaun am Berghang. Die Männer stellten sich zu beiden Seiten des offenen Gatters auf, während sich die Schafe hindurchdrängten und sofort in alle Richtungen auf der Weide zerstreuten.

Roderick und ich standen etwas abseits. Red Alistair kam zu uns herüber und sagte leise: »Die Sache gefällt mir überhaupt nicht, Roderick. Das Dorf hat inzwischen mehr Aufregung gehabt, als ihm zuträglich ist; und sobald die Schafe frei auf der Bergweide laufen, wird der Kerl, der bisher schon soviel Schaden angerichtet hat, wieder zuschlagen.«

Roderick faßte den Alten um die Schulter und beugte sich hinab, bis er mit dem Mund direkt an Alistairs Ohr war.

Er sprach so leise, daß ich nur mit Mühe verstand, was er sagte: »Ich warte diesmal selber, bis er wieder zuschlägt, Alistair«, flüsterte er. »Darauf kannst du dich verlassen. Ja, diesmal warte ich höchstpersönlich auf den Dieb.«

Ich begriff zunächst nicht, wie er das meinte, doch es dauerte nicht lange, bis es mir klar wurde.

Kapitel 12

Als Roderick und ich endlich nach Hause kamen, war ich zum Umfallen müde. Wäre ich klug gewesen, so hätte ich mich auf der Stelle aufgemacht, um den Bullen in den Stall zu bringen. Aber ich hatte Hunger, und das Abendbrot stand auf dem Tisch. Nach dem Essen hatte ich natürlich vollends keine Lust mehr, noch einmal loszugehen. Ich gähnte und streckte mich schläfrig.

Meine Mutter trat ans Fenster und schaute hinaus. Es dämmerte, und die Dunkelheit nahm rasch zu. »Du mußt dich beeilen«, sagte sie. »Der Nebel senkt sich schon, und ich mag es nicht, wenn du dich dann noch in der Nähe der Klippen herumtreibst.« Sie kam zum Tisch zurück und begann das Geschirr zu stapeln. »Nun geh schon. Spute dich«, fuhr sie fort, als ich immer noch keine Anstalten machte aufzustehen.

»Laß doch den armen Alten«, sagte Roderick mit einem Grinsen. »Heut abend bringe ich den Bullen für ihn in den Stall.«

Ich wollte mich erheben, aber er drückte mich auf die Bank zurück. »Laß schon, ruh deine Beine aus«, sagte er.

»Du kannst zu Hause bleiben und deiner Hübschen Gesellschaft leisten. Sie kommt nachher. Das stimmt doch, Marion?«

»Ja, es stimmt schon«, sagte Marion. »Aber ich wette, Catherine Isobel käme lieber, wenn dieser lahme Greis weg wäre.«

Roderick lachte und ging hinaus. Ich funkelte Marion zornig an, aber sie streckte mir nur die Zunge heraus und verschwand in der Spülküche, um Mutter beim Abwasch zu helfen.

Ich streckte mich auf der Bank aus und schlug die *Oban Times* auf. Bei dem Versuch, die großen Seiten zu falten, mußte ich mir die Zeitung hoch über den Kopf halten. Es wunderte mich immer wieder, warum diese Zeitung ein so riesiges Format hatte. Bequem lesen konnte man sie nur, wenn man sie auf dem Boden ausbreitete. Ich überflog sie, aber viel Interessantes stand nicht darin. So war ich am Ende froh, als Catherine Isobel erschien.

Meine Mutter war inzwischen draußen im Stall, Catherine setzte sich deshalb auf ihren Stuhl. Marion hatte es sich auf Rodericks Platz am Feuer bequem gemacht.

»Der Nebel steigt vom Meer auf«, sagte Catherine. Ihre roten Backen glühten, und das Kaminfeuer leuchtete in ihrem hellen Haar. »Morgen wird sicher wieder ein warmer Tag.«

»Nach dem Winter können wir die Wärme gebrauchen«, sagte ich. »Rück zur Seite, Marion, und laß Catherine näher ans Feuer.«

»Schon gut«, entgegnete Catherine. »Mir ist hier warm genug.«

»Wenn ihr dann zu heiß wird, kann sie sich ja auf die Bank setzen«, sagte Marion mit einem listigen Blick in meine Richtung.

Catherine Isobel lächelte, aber ihre roten Backen nahmen

eine dunklere Färbung an. Ich griff erneut nach der *Oban Times* und tat, als lese ich.

»Was gibt's Neues?« hörte ich Marion fragen.

»Nicht viel«, antwortete Catherine.

»Ist Lachie heute abend nach Hause gekommen?«

Lachie war Catherines Bruder, der zur See fuhr. »Ja, er ist mit dem Bus gekommen.«

»Für wie lange?«

Meine Güte, diese Fragerei! Das Mädchen war eine echte Landplage.

»Er sagt, daß er bis zum Ende des Monats bleibt«, antwortete Catherine. »Bis dahin müßten wir auch mit dem Torfstechen fertig sein.«

»Deine Mutter wird sich freuen, daß er zu Hause ist.«

»Ja, sie ist wirklich froh.«

»Das Auto von den Elektrizitätswerken war heute bei Ronald the Fox.« Selbst so etwas entging Marion natürlich nicht.

»Ich weiß. Ich habe es gesehen, als ich von der Schule kam.«

»Ich war am Nachmittag im Laden«, fuhr Marion fort. »Der Fahrer war auch da. Er hat nach Ronald gefragt.«

»Aber Ronald war natürlich oben beim Pferch.«

»Ja, er war nicht zu Hause«, sagte Marion. »Der Fahrer war ganz schön wütend. Das Haus war abgeschlossen, und er hat geschimpft, daß er den Herd wieder den ganzen Weg nach Portree zurückkarren muß.«

»Was für einen Herd?«

»Einen Elektroherd.«

Ich spitzte hinter meiner Zeitung die Ohren.

»Einen Elektroherd?« rief Catherine erstaunt.

»Ja, einen Elektroherd«, wiederholte Marion. »Ich habe ihn mit eigenen Augen in dem Auto gesehen.«

»Du meine Güte, was will denn Ronald mit einem solchen Herd?«

Dieselbe Frage stellte ich mir auch sofort. Ronalds Frau war vor langer Zeit gestorben, und jetzt, da sein Sohn beim Militär war, lebte er ganz allein in seinem Haus.

»Wer weiß?« sagte Marion und kicherte. »Vielleicht will er ja wieder heiraten. Der Herd war jedenfalls für ihn, und er muß ihn eine Menge Geld gekostet haben. Funkelnagelneu! So einen schönen Herd habe ich überhaupt noch nie gesehen.«

»So, so«, sagte Catherine. Vor lauter Verwunderung fiel ihr nicht mehr dazu ein.

»Wenn du mir nicht glaubst, kannst du ja Annie im Laden fragen«, erklärte Marion.

Mehr brauchte ich nicht zu hören. Wenn Ronald sich einen großen Elektroherd kaufen konnte, dann mußte er eine Menge Geld zur Verfügung haben; aber nicht einmal der tüchtigste Bauer konnte mit einem kleinen Croft wie dem seinen soviel Geld erwirtschaften. Woher stammte das Geld also? Es gab nur eine Antwort auf die Frage, und wäre der Aisling noch am Leben gewesen, hätte er sie mir mit Sicherheit bestätigt.

Meine Mutter kam mit zwei randvollen Eimern Milch herein. Sie setzte sie ab, begrüßte Catherine und erkundigte sich nach ihrem Bruder Lachie. Dann wandte sie sich an mich und sagte: »Roderick müßte längst zurück sein. Ich hoffe bloß, daß er bei dem Nebel nicht in der Nähe der Klippen war.« Ihre Stimme klang schrill vor Sorge; deshalb warf ich die *Oban Times* beiseite, stand auf und ging nach draußen.

Der Nebel hatte sich vom Wasser her ausgebreitet und war nun so dicht, daß man von der Türschwelle aus das Gefühl hatte, das Haus sei eine Insel inmitten einer gischtenden weißen See. Ich konnte nur ein paar Meter weit sehen. Selbst die Espen an der Giebelseite des Hauses waren hinter dem quellenden weißen Dunst verschwunden.

Ich ging bis zur Hausecke. Die Luft war feucht und kalt, und ich war im Begriff, umzukehren und wieder ins Haus zu gehen, als ich das Husten eines Mannes hörte. Es hatte etwas Unheimliches, dieses Husten so nahe zu hören, ohne jemanden zu sehen. Ich drückte mich flach gegen die Mauer und wartete. Kurz darauf vernahm ich Rodericks Stimme.

»Ach, ich würde mir keine Sorgen machen«, sagte er. »Ich bin sicher, daß die Sache jetzt vorbei ist.«

Daraufhin knurrte jemand und hustete wieder, irgendwo bei den Espen. Und dann hörte ich die dröhnende Stimme des Marag. »Da bin ich mir nicht so sicher«, sagte er. »Bald werden wieder welche fehlen, jetzt, wo sie auf der Bergweide sind. Wer soll denn die Diebe daran hindern weiterzumachen? Wir können uns keinen Schäfer leisten. Das weißt du ganz genau.«

»Nein, einen Schäfer können wir uns nicht leisten«, stimmte Roderick zu.

»Was sollen wir also tun? Auf dich hören die Leute, Roderick, sag du etwas. Sollen wir hier herumsitzen wie die alten Weiber und uns bestehlen lassen? Ich meine, wir müssen dafür sorgen, daß unsere Schafe bleiben, wo sie hingehören, nämlich auf dem Berg.«

Darauf folgte ein langes Schweigen. Ich schaute angestrengt in den Nebel und versuchte vergebens, die Gestalten der beiden Männer zu erkennen.

»Nun?« fragte der Marag. »Was sollen wir deiner Meinung nach tun?«

»Nichts«, sagte Roderick mit Entschiedenheit. Ich hätte beinahe laut aufgestöhnt, als ich das hörte. »Laßt uns warten, bis wir die Tiere im November pferchen und zählen. Wahrscheinlich ist dann die ganze Sache vergessen. In anderen Gegenden der Insel wurden auch immer wieder einmal Schafe gestohlen. Oft genug habe ich davon gehört.

Wahrscheinlich eine Bande vom Festland, die einmal hier, einmal da operiert. Im letzten Sommer waren wir an der Reihe, aber die Burschen werden sich wohl hüten, zweimal hintereinander dasselbe Gebiet abzugrasen. Dafür sind sie zu gewieft, glaub mir. Diesen Sommer trifft es wahrscheinlich Sleat oder Dunvegan.«

»Vielleicht«, erwiderte der Marag trocken.

»Mit Sicherheit ist es so.«

Der Marag seufzte. »Ja, Junge, vermutlich hast du recht. Köpfchen hast du, Roderick, das muß man dir lassen.«

Roderick forderte ihn auf, mit ins Haus zu kommen, aber er sagte, er müsse nach Hause, denn keiner seiner Jungen kümmere sich um die Kuh. Sie seien ganz schöne Faulpelze, was die Arbeit im Kuhstall betreffe.

Ich schlich zur Haustür zurück und war keine Sekunde zu früh, denn kaum war ich dort angelangt, da tauchte auch schon Rodericks Gestalt aus dem Nebel auf.

»Bist du's, Roderick?« rief ich, denn ich wagte nicht, ihm offen zu gestehen, daß ich gelauscht hatte.

»Ja, ich bin's«, sagte er.

Ich trat zur Seite, um ihn an mir vorbei in die Diele zu lassen. »Hast du den Bullen gefunden?«

»Ja, ohne Schwierigkeiten. Er war unten am Fluß.«

»Der Nebel ist ziemlich dicht«, sagte ich, als ich die Haustür schloß. »Man könnte an jemandem vorbeigehen, ohne ihn zu sehen.«

Roderick musterte mich argwöhnisch, ging aber dann ohne ein Wort in die Küche.

Ich folgte ihm. Ich brannte vor Neugier, mehr über sein Gespräch mit dem Marag zu erfahren, doch es widerstrebte mir, ihm zu sagen, daß ich heimlicher Zuhörer gewesen war.

Vielleicht wäre es trotzdem gescheiter gewesen, dies ohne Umschweife zu gestehen; denn als es dann herauskam, sah ich nicht sonderlich gut dabei aus.

Es war am nächsten Nachmittag. Ich stand hinter dem Haus und versuchte eine Schnur mit Angelhaken zu entwirren, als Roderick auf mich zukam. »Neil«, begann er, »wenn jemand auftaucht und nach mir fragt, dann sag ihm, ich sei bei Big Angus und wolle mit ihm ein bißchen feiern.«

Big Angus war ein alter Freund Rodericks. Er wohnte in einem abgelegenen Dorf etliche Meilen von hier auf der anderen Seite des Moors.

»Den Weg kannst du dir sparen, Roderick«, sagte ich. »Ich habe Big Angus vor kurzem auf seinem Motorrad vorbeifahren sehen. Sein Onkel in Duntulm ist krank, und ich glaube kaum, daß er zur Nacht wieder zu Hause sein wird.«

»Das weiß ich«, erwiderte Roderick völlig ungerührt, »aber trotzdem mache ich ein *ceilidh* mit Big Angus, wenn jemand nach mir fragt.«

Ich warf die Angelhaken in die Dose, ohne die Knoten in der Schnur ganz entwirrt zu haben, und sagte: »Und wie soll das gehen? Wie kannst du mit Big Angus feiern, wenn er in Duntulm ist?«

»Junge, hast du eine lange Leitung«, sagte er. »Natürlich gehe ich nicht zu Big Angus. Ich will hinauf zum Schwarzen Felsen.«

»Zum Schwarzen Felsen!« rief ich. »Du meinst, du willst den Schafdieben auflauern?«

Roderick nickte.

»Aber du hast doch Thomas the Marag erzählt, das sei reine Zeitverschwendung. Du hast gesagt . . .« Ich hätte mir die Zunge abbeißen können, aber es war schon zu spät. Rodericks Gesicht sprach Bände.

»Woher weißt du, was ich dem Marag erzählt habe?« fragte er gefährlich sanft.

Ich stocherte mit meinem Stiefel im Boden und wußte

nicht, was ich antworten sollte. Der Gedanke, daß mich Roderick für einen kleinen Schnüffler halten könnte, trieb mir die Schamröte ins Gesicht.

Er packte mich an den Schultern und drehte mich zu sich herum. »Ich hab dich was gefragt. Woher weißt du, was ich dem Marag erzählt habe?«

»Ich konnte nichts dafür«, sagte ich kleinlaut, »ich bin hinausgegangen, um zu schauen, ob du kommst. Dann habe ich Stimmen gehört. Ich wollte nicht spionieren. Der Nebel ist schuld«, schloß ich lahm.

»Wieso hast du mir nicht gesagt, daß du alles gehört hast?«

»Ich habe mich geschämt. Wie hätte das denn ausgesehen?«

Roderick ließ meine Schulter los. »Ja, gut hätte es wohl nicht ausgesehen«, sagte er, »aber immerhin, es ist ja schon etwas, wenn du dich schämst.« Er lächelte plötzlich sein warmes, offenes Lächeln, hinter dem die harten Züge seines Gesichts verschwanden.

»Ich habe mich wirklich sehr zusammennehmen müssen, um nicht zu fragen, wieso du dem Marag geraten hast, nichts zu unternehmen«, sagte ich ebenfalls lächelnd.

Rodericks Gesicht wurde wieder ernst. Er sah mich lange an, bevor er antwortete. »Nun«, sagte er schließlich, »was meinst denn du?«

»Ich weiß es nicht«, sagte ich wahrheitsgemäß. »Ich habe nicht die leiseste Vorstellung.«

Mein Bruder sah mich unverwandt an. »Was für eine Chance hätten wir denn, etwas herauszufinden, wenn sich jedermann auf dem Berg tummelte?« meinte er. »Sieh mal, der Kerl, hinter dem wir her sind, ist schlau. Es ist sicher besser, wenn wir so tun, als schliefen wir. Glaub mir, nur so werden wir ihn erwischen.«

»Tja«, sagte ich nachdenklich, »daran habe ich bisher nicht gedacht.«

»Vergiß nicht, wo ich bin, wenn jemand nach mir fragt«, sagte Roderick und wandte sich zum Gehen, aber ich hielt ihn am Ärmel fest. »Warte, nicht so schnell. Ich komme mit.«

Roderick schüttelte den Kopf. »Nein, nein, das ist Männersache, Junge.«

»Aber es wäre sogar besser, wenn wir zu zweit gingen«, versuchte ich ihn umzustimmen. »Niemand käme je auf den Gedanken, daß du mich in die Geschichte hineinziehst, und wenn uns jemand zusammen sieht, wird er deshalb nie vermuten, daß wir zum Schwarzen Felsen gehen, um dem Schafdieb aufzulauern.«

Ich blickte voller Erwartung in sein Gesicht. »Da hast du nicht ganz unrecht«, gab er zu. »Aber was willst du inzwischen mit dem Bullen machen?«

»Ach«, sagte ich voller Eifer, »ich kann ihn ja in den Stall bringen, wenn wir zurück sind.«

Roderick kratzte sich eine Zeitlang am Kinn – weniger, weil er nachdenken mußte, als um mich etwas auf die Folter zu spannen. So kam es mir jedenfalls vor. Schließlich sagte er: »Einverstanden. Du kannst mitkommen. Aber das sage ich dir, ein Kinderspiel ist dies nicht.«

Bereits nach kurzer Zeit waren wir ein gutes Stück vom Dorf entfernt. Als wir den grünen Hügel erreichten, gab mir Roderick ein Zeichen, stehenzubleiben. Er ging allein weiter und kletterte in geduckter Haltung den Hügel hinauf. Oben angekommen, schaute er sich sorgfältig um und winkte mir dann, ihm zu folgen.

Wir blieben an einer Stelle stehen, wo die Klippen zu unserer linken Seite fast senkrecht abfielen. Rechts von uns, kaum zwanzig Meter entfernt, lag die Straße, die sich am Ufer des kleinen *loch* südwärts schlängelte. Weit und breit war kein Mensch zu sehen. Wir waren allein mit dem Moor, dem kleinen See und ein paar Kühen, die in der Nähe der Straße grasten. Eilig überquerten wir die Straße und setzten unseren Weg um den Loch herum in Richtung Moor fort.

Nach einem anstrengenden Marsch entdeckte ich schließlich in der Ferne die Silhouette des Schwarzen Felsens. Der Schwarze Felsen war eine große Steinplatte, etwa doppelt so hoch wie ein Mensch, die Wind und Regen durch die Jahrhunderte glattpoliert hatten. Sie erhob sich aus der flachen Moorlandschaft etwa ein oder zwei Meter von der Straße entfernt. Dahinter, in einer Senke, waren die Spitzen der Holundersträucher zu erkennen, die rings um die Ruine eines alten Schäferhauses wuchsen.

Niemand ging je in die Nähe dieser Ruine, weil es, wie man sich erzählte, darin spukte.

Roderick und ich näherten uns dem Schwarzen Felsen bis auf etwa fünfhundert Meter, dann blieben wir an einem Flecken mit weichem Gras stehen. Roderick ließ sich auf den Boden fallen, ich setzte mich neben ihn und war froh, endlich meine Füße ausruhen zu können.

»Noch näher können wir nicht heran«, sagte er leise. »Was wir jetzt brauchen, ist Geduld, Junge, und zwar eine ganze Menge, schätze ich.«

Wir lagen etwa im rechten Winkel zur Straße, die in höchstens dreißig Metern Entfernung von den Klippen verlief. Der Schwarze Felsen stand auf einer kleinen Erhöhung, und die Straße war zu beiden Seiten gut und gern zwei Kilometer weit zu sehen.

Zunächst starrte ich wie gebannt auf diesen riesigen Stein. Die Minuten verstrichen, die Zeit dehnte sich zu langen Stunden des Wartens, die vorbeikrochen, bis die Sonne hinter dem Berg versank – und immer noch bewegte sich nichts am Schwarzen Felsen. Inzwischen fror ich erbärmlich.

Plötzlich stieß mich Roderick in die Seite. »Da kommt ein Auto«, sagte er, »siehst du die Scheinwerfer?«

Mit einem Schlag war die Kälte vergessen. Ich schaute mit wachsender Spannung zu, wie das Auto die Steigung heraufkeuchte und mit seinen Scheinwerfern den Schwarzen Felsen erfaßte.

»Es hält, es hält!« rief ich Roderick zu; aber es war nur sehr langsam gefahren wegen des steilen Hangs. Als es die Kuppe erreicht hatte, beschleunigte es und fuhr in Richtung Portree davon.

Dann trat wieder Stille ein, die schwere, düstere Stille des nächtlichen Moors. Irgendwo in der Ferne schrie ein Brachvogel. In seinem traurigen Klageruf lag die ganze Einsamkeit des Moors. Ich zitterte. Noch einmal schaute ich zur Straße hinüber, doch die Nacht hatte den Schwarzen Felsen verschlungen, und der Nebel kroch vom Meer her übers Land.

Roderick stand auf. »Heute abend wird es wohl nichts mehr«, sagte er ruhig; in seiner Stimme lag nicht der kleinste Anflug von Enttäuschung. »Es wird Zeit, daß wir nach Hause gehen.«

Ich erhob mich steif und marschierte wortlos hinter ihm drein. Der Bulle war von alleine heimgekehrt, wir fanden ihn friedlich wiederkäuend vor seinem Stall liegen. Ich war selten so froh, ihn zu sehen, und gab ihm eine doppelte Ration Heu.

Sieben Abende hintereinander lag ich mit Roderick auf der Lauer. Sieben Abende mühseligen Wartens, ohne daß etwas geschah, sieben Abende mit dem bitteren Geschmack der Niederlage im Mund. Am Abend des achten Tages stand mir die Müdigkeit so deutlich ins Gesicht geschrieben, daß Roderick sagte: »Du hast genug gehabt, Junge. Heute bleibst du zu Hause.«

Ich versuchte erst gar nicht, mit ihm zu diskutieren, denn

ehrlich gesagt war ich die ganze Geschichte inzwischen leid. Ich sagte nur: »Warum gibst du's nicht auf, Roderick? Wahrscheinlich kommt er nie.«

»Oh, der kommt schon«, sagte mein Bruder. »Eines Abends kommt der Kerl, die Gier wird ihn dazu treiben, und dann stehe ich da und nehme ihn in Empfang.« Wenn Roderick sich etwas in den Kopf gesetzt hatte, dann konnte nichts ihn davon abbringen.

Eine weitere Woche verstrich, und immer noch geschah nichts am Schwarzen Felsen. Roderick wurde schweigsamer, er ließ jedoch keinen Augenblick in seiner Entschlossenheit nach, und jeden Abend ging er, um seine einsame Wache zu halten.

Eines Abends besuchte ich Kenneth the Soldier auf der anderen Seite des Flusses, und ich war so deprimiert von all den Fehlschlägen, daß ich ihm ungefragt erzählte, welchen Verdacht ich gegen Ronald the Fox hegte.

Kenneth the Soldier hörte sich alles in Ruhe an. Er war wie Roderick, er erregte sich nie und verlor nie die Fassung. »Nun ja«, sagte er ruhig, während er seine Pfeife aus dem Mund nahm und sich vorbeugte, um ins Feuer zu spucken, »ich denke fast, daß du auf dem Holzweg bist, Junge.«

Ich war so überrascht, daß ich nur ein »Wieso?« herausbrachte.

»Ich glaube, daß Ronald the Fox viel zu schlau ist, um Schafe zu stehlen«, sagte er langsam. »Hast du einmal beobachtet, wie lange er sich am Kopf kratzt und über die Nase streicht und nachdenkt, bevor er dir auch nur sagt, wie spät es ist? Nein, nein! Ronald the Fox ist kein Draufgänger. Schlau, ja. Aber wagemutig?« Er schüttelte den Kopf.

Ich hielt ungeheuer viel von Kenneth the Soldiers Meinung, und so traf es mich sehr, daß er meine sorgfältig ausgetüftelte Theorie mit solcher Leichtigkeit beiseite fegte.

»Wenn ich ihn beim Stehlen erwischte, würdest du mir dann glauben?« sagte ich hitzig.

»Ja, dann würde ich dir glauben«, erwiderte Kenneth. »Aber ich bezweifle, daß du das je erleben wirst.«

›Wir werden ja sehen‹, dachte ich, und am nächsten Tag sagte ich Roderick, daß ich wieder mit ihm kommen wollte.

»In Ordnung«, meinte er. »Vielleicht haben wir diesmal Glück.«

Ich hielt es kaum für wahrscheinlich, als wir oben im Gras lagen und zu dem Schwarzen Felsen hinüberschauten. Es war wie an allen Abenden zuvor: um uns herum das einsame Moor, über das nach und nach die Nacht hereinbrach; gelegentlich der Schrei eines Brachvogels oder einer Schnepfe, und vom Meer her breitete sich der Nebel langsam über dem Land aus.

Ich wollte Roderick gerade vorschlagen, nach Hause zu gehen, als wir das Geräusch eines anspringenden Motors hörten. »Wo ist das Auto?« flüsterte ich Roderick zu, da kein Scheinwerferlicht zu sehen war.

»So, wie es sich anhört, in dem alten Steinbruch unten an der Straße«, meinte Roderick leise. Ich sagte darauf nichts, und er fuhr fort: »Ein idealer Platz, um ein Auto bis zum Einbruch der Dunkelheit zu verstecken. Warum bin ich bloß nicht selber darauf gekommen?«

»Horch!« rief ich. »Es fährt los!« Das Geräusch des Motors klang jetzt anders, und das konnte nur heißen, daß ein Gang eingelegt worden war. Roderick packte mich fest am Arm und sagte warnend: »Kein Wort mehr.«

Angespannt blickten wir beide auf die Straße und suchten im Dunkel die Stelle, wo der gewundene Pfad, der in den Berghang gehauen worden war, vom Steinbruch her einmündete. Ich glaube, wir sahen es gleichzeitig: ein Fahrzeug, das einem großen, geschlossenen Lieferwagen ähnelte. Die Scheinwerfer brannten nicht, doch ich entdeckte es, als es den Pfad vom Steinbruch verließ und in die Landstraße einbog.

Der Lieferwagen kroch die Straße herauf bis zum Schwarzen Felsen und hielt. Die Tür öffnete sich, der Fahrer stieg aus. Es war so dunkel, daß man ihn nur in undeutlichen Umrissen erkennen konnte. Er schloß die Tür und ging nach hinten zum Laderaum.

In diesem Augenblick tauchte die Gestalt eines zweiten Mannes von unterhalb der Straße auf und trat auf den ersten zu.

Kapitel 13

Für mich war es der größte Triumph, als ich Ronald the Fox hinter der Straßenböschung auftauchen und auf den Fahrer des Lieferwagens zugehen sah. Ich schob mich ein wenig vor, legte mein Kinn auf ein Grasbüschel und starrte über das Moor zu den beiden Männern hinüber, die hinter dem geschlossenen Wagen standen.

Aus der Entfernung war es in der Dunkelheit nicht möglich, ihre Gesichter zu erkennen. Es war sogar schwierig, sie äußerlich voneinander zu unterscheiden, denn sie waren beide etwa gleich groß und trugen lange Regenmäntel.

Doch das Gesicht des einen, der hinter der Böschung aufgetaucht war, brauchte ich gar nicht zu sehen, um zu wissen, daß dies Ronald the Fox war. Wer sonst?

Hier wurde klar, woher er das viele Geld hatte und sich einen großen Elektroherd leisten konnte. Und da behauptete der alte Kenneth, Ronald habe nicht den Mumm zum Stehlen! Er würde vom Stuhl fallen, wenn ich ihm das erzählte.

Diese Gedanken durchfuhren mich im Bruchteil von Sekunden, in jenem ersten Augenblick erregten Triumphes.

Inzwischen war der Fahrer des Lieferwagens schon dabei, die Türen des Laderaums zu öffnen. Kurz darauf verschwanden beide Männer hinter der Straßenböschung.

»Wo sie jetzt wohl hingehen?« flüsterte ich.

»Sei still«, zischte Roderick.

Ich hielt also den Mund und wartete, was nun geschehen würde.

Es dauerte eine halbe Ewigkeit, bevor die beiden wieder an der Straße erschienen. Sie gingen vornübergebeugt, und es sah aus, als mühten sie sich mit etwas ab, einem sperrigen Gegenstand oder schweren Gewicht, denn sie liefen im Zickzack über die Straße, und einmal machte der Fahrer ein paar Schritte rückwärts. Erst allmählich begriff ich, daß jeder von ihnen ein Schaf zwischen den Beinen hielt und es an den Hörnern vorwärts zerrte.

Die Schafe wurden in den Lieferwagen verfrachtet. Eines der Tiere blökte, aber wer würde schon das Blöken eines Schafes in einer endlosen Moorlandschaft wahrnehmen? Der Fahrer klappte die beiden Türflügel zu, dann verschwanden die Männer erneut hinter der Böschung.

Dieses Auftauchen und Verschwinden ging eine ganze Zeitlang weiter. Jedesmal, wenn sie zurückkamen, brachten sie zwei Schafe mit, die sie in den Laderaum beförderten. Der Gedanke brachte mich fast zur Raserei, daß diese beiden Schufte direkt vor unserer Nase unsere Schafe klauten – und Roderick machte keinerlei Anstalten, sie daran zu hindern.

Als die Männer zum fünften Mal im Dunkel verschwunden waren, konnte ich nicht länger an mich halten. »Wir sollten zu dem Auto gehen, sonst hauen sie noch mit den Schafen ab«, flüsterte ich.

Roderick lehnte sich zu mir herüber und zischte mir direkt ins Ohr: »Und riskieren, daß sie uns sehen? Die beiden wären im Handumdrehen im Auto und auf und davon.«

»Aber die Schafe!« rief ich entsetzt.

»Zum Kuckuck mit den Schafen«, sagte Roderick kurz. »Mich interessiert der Bursche, der auf den Lieferwagen gewartet hat. Himmel, wie ich auf diesen Abend gewartet habe! Wenn das Auto weg ist, schnappe ich mir den Kerl.«

Ich wollte etwas darauf antworten, aber er brachte mich durch einen Rippenstoß zum Schweigen. Ich beobachtete also stumm, wie die beiden finsteren Gestalten noch zweimal weggingen und wiederkamen. ›Das macht insgesamt vierzehn Schafe‹, dachte ich grimmig.

Sie waren gerade zum achten Mal zu dem Lieferwagen zurückgekehrt, als das grelle Licht von zwei Scheinwerfern die Dunkelheit durchbohrte. Von Süden her kam ein Wagen den Berg herauf; der Motorenlärm war deutlich zu hören.

Das muß man den beiden lassen: Sie schalteten blitzschnell. Der in dem etwas helleren Regenmantel war im Nu um das Auto herum gerannt. Er riß die Tür der Fahrerkabine auf, und während er den Motor anließ, hatte sich der andere bereits auf den Sitz neben ihm geschwungen.

Die Scheinwerfer leuchteten auf und erhellten die Straße; das Auto startete und fuhr mit stattlichem Tempo davon.

Kurz darauf erreichte das andere Auto die Bergkuppe. Ich sah die erleuchtete Schrift über dem Führerhaus. »Du meine Güte, das ist ja der Krankenwagen«, sagte ich. Wir schauten ihm nach, wie er den Berg auf der anderen Seite hinabfuhr, bis er hinter einer Straßenbiegung verschwunden war.

»Der Krankenwagen wird bald mit einem Patienten zurückkommen«, meinte Roderick, »ich glaube, heute kriegen wir den Lieferwagen nicht mehr zu sehen.«

»Aber Ron . . ., aber der eine, der an der Straße auf den Lieferwagen gewartet hat, muß doch wieder nach Hause«, wandte ich ein.

»Ja, aber wenn er weiß, daß der Krankenwagen unterwegs ist, wird er die Straße meiden«, sagte Roderick. »Vielleicht wartet er bis zum Morgen, bevor er zurückmarschiert; oder wenn er auch nur halb so schlau ist, wie ich glaube, dann nimmt er die Abkürzung über den Berg und geht von Norden oder Westen zum Dorf zurück. Nicht einmal ein ganzes Regiment Soldaten würde ihn in der Dunkelheit im Moor finden.«

»Was glaubst du, wo sie die Schafe vorher eingesperrt hatten?« fragte ich. Der Gedanke kam mir plötzlich. »Sie haben für den Weg nicht lange gebraucht; aber mir ist nicht klar, wo sie sie so nahe bei der Straße haben verstecken können.«

»Ich wette, daß sie tatsächlich ganz in der Nähe waren«, sagte Roderick. »Komm, wir sehen nach.«

Wir liefen zum Schwarzen Felsen, überquerten die Straße und kletterten vorsichtig die steile Böschung auf der anderen Seite hinab. Nicht weit von uns konnte ich die dunklen Umrisse des Gemäuers erkennen, in dem früher einmal der Schäfer gewohnt hatte.

Ich blieb stehen und packte Roderick am Arm. »Wo willst du hin?« fragte ich argwöhnisch.

Er lachte: »Zum Schafstall.«

Es dauerte eine Weile, bis ich begriff. »Du meinst das alte Schäferhaus«, sagte ich langsam.

»Ja, das alte Schäferhaus«, sagte er. »Was sonst?«

Ich wollte umkehren. Ein Dutzend halb erinnerter Geschichten, die man sich über dieses Schäferhaus erzählte, kamen mir in den Sinn.

»Dort bringen mich keine zehn Pferde hinein!« erklärte ich.

»Weil es da spukt?« sagte Roderick spöttisch. »Ja, das sagen alle im Dorf und machen einen weiten Bogen um das Haus. Der alte Schäfer soll sich da drinnen die Kehle durchgeschnitten haben. Außerdem wird gemunkelt, daß sich hier so manche böse Tat abgespielt hat. Ja, und wenn die

Nacht dunkel genug ist, brauchst du ihn nur beim Namen zu rufen, dann beginnt sein Geist zu spuken. Das ist es doch, was erzählt wird, oder?«

Da ich vor schierem Entsetzen nicht antwortete, faßte mich Roderick an den Schultern und schüttelte mich. »Ist es das, was du meinst? Daß der Geist des alten Schäfers in der Ruine spukt?«

»Ja, so erzählen es die Leute im Dorf«, antwortete ich. »Und viele haben den Geist schon gesehen.« Meine Stimme klang unsicher und schrill.

»So ein Schwachsinn«, sagte Roderick verächtlich. »Wo hast du bloß deinen Verstand gelassen, Junge? Komm mit, dann siehst du's selber.«

»Nein, Roderick, nein!« rief ich entsetzt. Ich schaute hinüber zu dieser stummen, düsteren Ruine, deren Mauern in den Himmel ragten und über die sich die dunklen Bäume beugten. »Ich habe Angst, Roderick, wirklich.«

»Hör zu, Junge«, sagte Roderick. »Du hast nur ein Leben, und das kannst du auch nur einmal verlieren. Aber wenn du Angst hast, dann stirbst du viele Tode, und das ist eine schlimme Strafe.« Er lachte. »Du magst Angst haben, aber ich weiß genau, daß du nicht stehenbleibst, wenn du mich weitergehen siehst.« Damit versetzte er mir einen leichten Schlag gegen die Brust – es war die altvertraute, freundschaftliche Geste, die noch nie ihre Wirkung verfehlt hatte – und marschierte auf die Ruine der alten Schäferhütte zu.

Ich folgte ihm natürlich. Was hätte ich anderes tun sollen, nachdem er mich so herausgefordert hatte? Doch meine Angst, oh, sie war gewaltig! Mein Herz flatterte wie ein Vogel in der Falle. Die Bäume waren lauernde Gestalten in der Dunkelheit, stumm und drohend, und in ihrer Mitte lag geduckt die gruselige Ruine der alten Hütte: ein hohles, schwarzes Skelett, zum Himmel hin offen. Mich schauderte bei dem Gedanken, was uns erwarten mochte hinter diesen

Mauern mit dem klaffenden Loch als Eingang und den beiden leeren Augenhöhlen, wo früher einmal Fenster gewesen waren.

Roderick blieb vor dem Eingang stehen und wartete, bis ich ihn eingeholt hatte. Sein breiter Rücken war mein einziger Schutz. Er beugte sich nach vorne, und ich hörte, wie er einen zufriedenen Laut von sich gab. »Das muß ein eigenartiger Geist sein«, meinte er, »der sich hinter Maschendraht versteckt.«

Er packte mich am Arm und zog mich neben sich. Dann zeigte er auf das Stück Maschendraht, mit dem der Eingang versperrt war. In der Steinmauer staken zwei hölzerne Pflöcke, an denen der Draht befestigt war.

In diesem Augenblick bewegte sich etwas im Innern der Ruine. Ich hörte es ganz deutlich, das Tappen von Füßen auf dem harten Lehmboden. Ich stand wie angewurzelt da und rührte mich nicht.

Roderick zündete ein Streichholz an und hob es in die Höhe. Ich sah die kahlen Mauern des alten Hauses, den mächtigen steinernen Sturz der leeren Feuerstelle und – ein Häuflein Schafe, die sich in einer Ecke zusammendrängten. Es waren insgesamt vier.

Ich lachte hysterisch auf. »Mein Gott, es sind Schafe!«

»Ja, es sind Schafe«, sagte Roderick grimmig und schnippste das abgebrannte Streichholz fort. »Was hast du erwartet – den alten Schäfer, der hinter dem Drahtverhau umherschleicht?«

»Wir sollten sie freilassen«, sagte ich und griff nach dem einen Ende des Drahtes.

Roderick hielt meinen Arm fest. »Laß sie, wo sie sind«, sagte er. »Gesetzt den Fall, unser Freund kommt zurück und stellt fest, daß sie verschwunden sind, was dann? Er wird sofort wissen, daß ihm jemand auf der Spur ist. Nein, nein, die Schafe bleiben, wo sie sind.«

»Dann laß uns verschwinden«, sagte ich; ich wollte möglichst schnell aus diesem düsteren Loch heraus.

»Ja, es ist Zeit zu gehen«, sagte Roderick zu meiner großen Erleichterung. Er lief mit Riesenschritten vor mir her zur Straße. Ich mußte fast rennen, um mitzukommen.

»Roderick«, begann ich nach einiger Zeit, unfähig, noch länger für mich zu behalten, was ich wußte. »Wer, meinst du, hat hinter der Straßenböschung auf den Lieferwagen gewartet?«

»Wer weiß?« war seine einzige Antwort.

Ich hatte das Gefühl, daß er mir gar nicht richtig zuhörte, und so platzte ich schließlich heraus: »*Ich* weiß es.«

Roderick blieb stehen und sah mich an. »Nun, wer?«

»Ronald the Fox.«

Roderick schnaubte. »Du mußt blendende Augen haben – oder eine blühende Phantasie«, sagte er unwirsch.

»Aber ich weiß, daß er es war, ich brauchte sein Gesicht gar nicht zu sehen«, erwiderte ich. Und dann erzählte ich ihm alles, was ich über Ronald the Fox herausgefunden hatte. Ich erzählte ihm, daß der Lange mit dem Lastwagen der Handwerker bis zum Schwarzen Felsen gefahren und von dort übers Moor weitergegangen war – zweifellos, um sich mit dem Fahrer des Viehwagens in Verbindung zu setzen –, und daß ich ihn am selben Abend den Berg herab nach Hause hatte kommen sehen. Ich erzählte ihm auch von dem großen Elektroherd, den sich Ronald the Fox gekauft hatte, obwohl er ständig jammerte, er habe kein Geld. »Wer soll es sonst gewesen sein, wenn nicht Ronald the Fox?« schloß ich.

»Ja, wer sonst?« murmelte Roderick halb zu sich selbst. Wieder hatte ich das Gefühl, daß er nicht richtig zuhörte, aber es mochte natürlich auch sein, daß das, was ich sagte, ihn nicht überraschte.

»Jetzt können wir direkt zu Ronald gehen«, sagte ich, »wir schnappen ihn, wenn er nach Hause geschlichen kommt.«

»Nicht so schnell«, warnte Roderick. »Wir müssen den Kerl auf frischer Tat ertappen; und haben wir nicht für heute, weiß Gott, genug gepirscht? Ich bin hundemüde und lege mich aufs Ohr, sobald wir daheim sind.«

Ich lief schweigend und enttäuscht neben ihm her. Es war das erste Mal, daß Roderick zu müde war, um eine begonnene Sache sofort zu Ende zu bringen. Aber er marschierte unbeirrt weiter, und es fiel kein einziges Wort mehr, bis wir zu Hause waren.

Das Haus war dunkel. Wir schlichen leise die Treppe hinauf und zogen uns aus. Als Roderick unter die Decke kroch, flüsterte er: »Es ist beinahe zwei Uhr, Junge. Jetzt wird geschlafen.«

Ich sagte gute Nacht und schloß die Augen. Aber ich konnte nicht einschlafen. Der Gedanke, daß Ronald the Fox wahrscheinlich unbeobachtet nach Hause schlich, während wir beide bequem in unseren Betten lagen, brachte mich fast um den Verstand. Je mehr ich darüber nachdachte, desto wacher wurde ich. Hatte Rodericks mangelndes Interesse damit zu tun, daß er mir nicht glaubte? Ja, vermutlich hielt er Ronald the Fox für unschuldig. In diesem Fall gab es nur eine Möglichkeit, seine Schuld mit unumstößlicher Gewißheit zu beweisen: Ich mußte mit eigenen Augen beobachten, wie er nach Hause kam.

Roderick lag mit dem Rücken zu mir im Bett. »Roderick?« sagte ich leise.

Er antwortete nicht. Sein Atem ging regelmäßig; er war fest eingeschlafen.

Ich zögerte keinen Augenblick. Vorsichtig glitt ich aus dem Bett, ohne meinem Bruder dabei die Decke wegzuziehen, und kramte nach meinen Kleidern, die am Fußende des Bettes lagen. Mit den Kleidern unterm Arm tastete ich mich zur Tür und stieg geräuschlos die Treppe hinunter. In der Küche machte ich Licht und zog mich eilig an.

Lassie steckte den Kopf unter der Bank vor, aber ich befahl ihr liegenzubleiben. Ich schnürte meine Schuhe zu, löschte das Licht und verließ das Haus.

Es war dunkel, doch der Nebel war nicht so dicht wie in den Nächten zuvor. Ich blieb zunächst vor dem Haus stehen, um meine Augen an die Dunkelheit zu gewöhnen, dann rannte ich über den Croft bis zum Zaun an der Hauptstraße. Irgendwie überkam mich dabei das Gefühl, beobachtet zu werden; ich warf einen Blick über die Schulter, und tatsächlich meinte ich, daß sich hinter dem Krämerladen etwas bewegte. Ich schaute angestrengt hinüber, doch es war nichts zu entdecken.

Also fing ich schon wieder an, mir alles mögliche einzubilden. Roderick hatte ganz recht gehabt. Ich lachte laut auf und ging mit energischen Schritten am Haus der Krankenschwester vorbei auf den Pfad zu, der zur alten Schmiede führte.

An der Schmiede warf ich noch einmal einen kurzen Blick über die Schulter zurück. Mein Herz begann wild zu hämmern. Jetzt war ich absolut sicher, daß sich oberhalb des Pfades etwas bewegte! Ich blieb stehen und schaute unverwandt auf die Stelle; aber was da auch gewesen sein mochte, es schien wie vom Erdboden verschluckt. Ich lief schnell weiter und versuchte die Tür der Schmiede zu öffnen. Diesmal war sie verschlossen. Ich drückte mich flach in die Türnische, die zwar wenig Schutz bot, aber mich wenigstens vor feindlichen Augen verbarg.

Ich ließ die Stelle nicht aus den Augen, an der ich die Bewegung beobachtet zu haben glaubte. Als aber die Minuten verstrichen und nichts geschah, beruhigte sich mein Herzklopfen langsam wieder.

Ich sagte mir, daß mir das Erlebnis in dem Spukhaus am Schwarzen Felsen wohl ziemlich an die Nerven gegangen sei. Außerdem, so überlegte ich, würde Ronald the Fox vermutlich nicht in aller Offenheit direkt am Haus der Krankenschwester vorbei nach Hause gehen. Die Gefahr, gesehen zu werden, war viel zu groß.

Nun lenkte ich meinen Blick auf die weißen Mauern von Ronalds Haus, die ein Stück vor mir aus der Dunkelheit aufragten. Weit und breit war kein Mensch zu sehen oder zu hören. Von irgendwo hinter der Schmiede drang das rauhe Krächzen eines Wachtelkönigs an mein Ohr.

Plötzlich fuhr ich zusammen: Auf dem Schotterpfad vom Fluß herauf knirschten Schritte. Sie bewegten sich auf mich zu, langsam und zielstrebig. Ich drückte mich noch enger als zuvor gegen die Tür der Schmiede und hoffte inständig, daß mich das laute Pochen meines Herzens nicht verriet. Zugleich spürte ich einen Hustenreiz im Hals und schluckte verzweifelt, um ihn zu unterdrücken.

Und dann tauchte er auf: eine lange, krumme Gestalt, die Hände tief in den Taschen seines Mantels vergraben. Er schlurfte geradewegs an mir vorbei, ohne sich umzublikken, und bog in den Weg zu seinem Haus ein. Ich hörte, wie er die Tür öffnete und hinter sich schloß; doch obwohl ich mehrere Minuten wartete, ging im Innern des Hauses kein Licht an. Natürlich: Ronald the Fox würde nie auf diese Weise verraten, wann er nach Hause gekommen war, dafür war er viel zu gewitzt.

Nachdem ich mich allmählich beruhigt hatte, merkte ich erst, wie müde ich war. Als ich meinen Schlupfwinkel verließ und auf den Weg hinaustrat, war ich vor Kälte ganz steif. Vorsichtig drückte ich mich an Ronalds Haus vorbei; dann, als ich es in sicherer Entfernung hinter mir gelassen hatte, rannte ich los und blieb nicht eher stehen, als bis ich zu Hause war.

Ich zog mich geräuschlos in der Küche aus, schlich die Treppe hinauf und ging auf Zehenspitzen zum Bett. Behutsam schlug ich die Decke etwas zurück und kroch hinein;

dabei paßte ich auf, daß ich in meiner Hälfte blieb. Roderick bewegte sich nicht und gab keinen Laut von sich. Mit einem Seufzer der Erleichterung drehte ich mich auf die Seite und machte die Augen zu. Doch nicht für lange. Die Stille war so tief, daß sie mich beunruhigte. Ich hob den Kopf und horchte angestrengt in die Dunkelheit. Kein Laut war zu hören. Von Panik ergriffen, tastete ich mit der Hand nach meinem Bruder, sprang dann aus dem Bett und suchte in aller Hast den Lichtschalter. Schließlich spürte ich ihn unter meinen Fingern und drückte darauf.

Das plötzliche, grelle Licht blendete mich, aber ich sah deutlich genug. Das Bett war leer. Roderick war verschwunden.

Kapitel 14

Obwohl ich todmüde war, bohrte die Frage nach dem geheimnisvollen Verschwinden meines Bruders in mir und ließ mir keine Ruhe. Vielleicht war er aufgewacht, als ich aus dem Hause ging, und hatte beschlossen, mir zu folgen. Ich hatte ja das sichere Gefühl gehabt, daß hinter dem Laden des Krämers jemand lauerte und mich beobachtete. Andererseits war ich den ganzen Weg von unserem Haus bis zur Straße gerannt; wie konnte es also sein, daß Roderick vor mir am Laden war?

Aber er war nun einmal verschwunden, also *mußte* er es gewesen sein. Wahrscheinlich stand er in diesem Augenblick in Ronalds ungemütlicher Küche und sagte ihm auf den Kopf zu, daß er der Schafdieb war.

Ich dachte an unsere Unterhaltung auf dem Heimweg vom Spukhaus. Roderick hatte behauptet, er sei für heute lange genug auf den Beinen gewesen. Doch dann war er in atemberaubendem Tempo davonmarschiert, trotz seiner angeblichen Müdigkeit. Jetzt ahnte ich, warum. Wahrscheinlich wollte er so schnell nach Hause, um mich loszuwerden und die Sache mit Ronald the Fox alleine und in aller Ruhe zu erledigen. Das hieß, daß er nur so getan hatte, als schliefe er. Wenn das aber stimmte, wieso hatte er dann keinen Ton gesagt, als ich aufgestanden war? Wieso die ganze Heimlichtuerei?

Ich drehte mich mit meinen Überlegungen im Kreis wie ein Tier an der Kette, ohne der Lösung auch nur ein Stückchen näherzukommen. Schließlich setzte der Schlaf dem Grübeln ein Ende.

Als ich aufwachte, schien die Sonne hell ins Zimmer. ›Wieder ein schöner Tag‹, dachte ich zufrieden, gähnte und streckte mich in aller Behaglichkeit. Dann fielen mir die Ereignisse der Nacht ein, und ich schaute zu Rodericks Betthälfte hinüber. Sie war leer. Im Nu war ich aus dem Bett, packte meine Kleider und rannte, immer drei Stufen auf einmal nehmend, die Treppe hinab.

Meine Mutter kam aus der Spülküche, die Hände voller Seifenschaum, den sie an der Schürze abwischte. »Wo ist Roderick?« rief ich.

»Roderick ist schon lange fort«, antwortete sie. »Und ich bin mitten in der Wäsche, und du möchtest nun dein Frühstück, nehme ich an.«

»Wohin ist er gegangen?« fragte ich voller Ungeduld.

»Zum Viehmarkt natürlich«, erwiderte sie überrascht. »Wo soll er sonst sein?«

Der Viehmarkt! Ich hatte ihn völlig vergessen. Um zehn Uhr sollte er beginnen. Ich schaute auf die alte Uhr an der Wand: zehn Minuten vor zehn! Mir blieben also noch zwanzig Minuten, denn ich hatte noch nie erlebt, daß die Auktion tatsächlich pünktlich begonnen hatte.

»Möchtest du eine Schale Grütze?« fragte meine Mutter.

»Keine Zeit«, sagte ich, während ich an den Schnürbändern meiner Stiefel nestelte.

»So, keine Zeit hast du?« fragte sie. »Nachts treibst du dich draußen herum, und morgens kommst du nicht aus den Federn, um mit den anderen zu frühstücken. Man könnte meinen, ich hätte nichts anderes zu tun, als dich zu bedienen.« Doch trotz ihres Gemeckers begann sie zu hantieren, stellte Teewasser auf und schmierte Scones für mich. Sie ließ sich letzten Endes wirklich eine Menge gefallen, meine Mutter. Ich wusch mir rasch das Gesicht und kämmte mich, und kaum war ich damit fertig, stand das Frühstück schon auf dem Tisch, ich hatte sogar noch die Zeit, in Ruhe zu essen.

Der Viehmarkt fand auf der anderen Seite des Flusses in der Nähe von Kenneth the Soldiers Croft statt. Der kürzeste Weg von uns aus führte an der Schmiede vorbei und über die Trittsteine im Fluß. Ich rannte wie der Wind; dabei mußte ich daran denken, wie ich vor wenigen Stunden denselben Weg gegangen war, nur daß jetzt hellichter Tag war, ohne Nebelschwaden in der Luft und ohne Angst vor Blikken aus dem Hinterhalt. Die Sonne brannte vom Himmel, und das Gras auf den eingezäunten Wiesen leuchtete in hellem Grün. Es war ein wunderbarer Tag für den Viehmarkt.

Auf beiden Seiten der engen Straße oberhalb des Marktes parkten lange Autoschlangen. Männer standen in Grüppchen um den kreisförmig eingefriedeten Platz, und auf der Koppel, die wie eine Terrasse unterhalb davon lag, drängte sich das Vieh. Alle Dörfer im Umkreis von vielen Kilometern waren mit ihrem Vieh zum Markt gekommen.

Wir konnten in diesem Jahr zum ersten Mal keine einjährigen Tiere zur Versteigerung anbieten, denn wir hatten sie bereits als kleine Kälber verkauft, als mein Vater im letzten Sommer krank geworden war. Es beeinträchtigte das Vergnügen an der Versteigerung ein wenig, wenn man kein einziges eigenes Tier anzubieten hatte; aber es machte auch Spaß zu sehen, welche Preise die anderen erzielten.

Die Menge war so dicht, daß ich den Holzzaun der Einfriedung nicht sehen konnte. Alle Männer standen, zum

Teil in vier oder fünf Reihen hintereinander, drumherum, eine Ausnahme bildeten nur jene, die unten auf der Koppel ihre Tiere an den Halftern festhielten. Einige Viehhändler lehnten schwatzend im Inneren des Ringes, warfen taxierende Blicke in die Runde und musterten die Tiere. Ich entdeckte Roderick auf der anderen Seite des Rings in der Nähe des kleinen Holzhäuschens, in dem der Schreiber des Auktionators saß und das Geld ausbezahlte. Er stand zwischen Thomas und einem Mann aus Flodigarry. Der Auktionator sagte etwas zu dem Marag, worauf die anderen Männer in schallendes Gelächter ausbrachen.

»Gut soll es uns gehen?« schrie Thomas mit seiner dröhnenden Stimme, die über den Platz hallte und selbst das Muhen der Tiere übertönte. »Gut soll es uns gehen, meinst du? Wer hier angeschmiert wird, ist immer der Crofter.«

Der Auktionator stimmte gutmütig in die allgemeine Heiterkeit ein und wandte sich dann seinem Schreiber in dem Häuschen zu.

Inzwischen wurde ein schwarzer Jährling von seinem Besitzer, einem alten Mann aus einer Gemeinde von der anderen Seite des Moors, in den Ring geführt. Der Auktionator eröffnete die Versteigerung und forderte die Händler auf zu bieten. Seine lebhaften Augen wanderten dabei über die Runde der Gesichter. Die ersten Gebote kamen bald, und er wiederholte sie mit lauter, kräftiger Stimme. »Zwölf Pfund. Vierzehn. Sechzehn. Achtzehn. Zwanzig Pfund.« Er sprach so schnell, daß ich ihm nur mit Mühe folgen konnte. Zudem war schwer feststellbar, woher die Gebote kamen, denn die Händler äußerten sich nur durch ein kaum merkliches Kopfnicken.

»Zweiundzwanzig Pfund. Vierundzwanzig. Sechsundzwanzig. Achtundzwanzig. Neun. Wir sind bei neunundzwanzig. Neunundzwanzig Pfund. Ihr wollt doch nicht bei neunundzwanzig Pfund aufhören, Leute. So ein schönes Tier, und so kräftig gebaut! Neunundzwanzig zehn. Schon besser. Dreißig. Dreißig Pfund zehn.«

Der alte Crofter hatte das Halfter losgelassen; er trieb das Tier mit seinem Stock vor sich her durch den Ring. Nun bot jemand noch ein Pfund mehr, und dabei blieb es. Einunddreißig Pfund und zehn Schillinge. Ein anständiger Preis für so ein mageres Tier. Einer der Händler trat mit einer Schere in der Hand auf das Tier zu und schnitt ihm mit großer Sorgfalt ein kreuzförmiges Zeichen ins Fell. Dann wurde der Jährling aus dem Ring getrieben, und dieser war frei für das nächste Tier.

Ich wollte mich aus dem Gewühl zurückziehen und stieß dabei mit Angus Malcolm zusammen. Er stand auf seinen Stock gestützt und beobachtete die Versteigerung aufmerksam. »Wo sind deine Tiere, Angus?« fragte ich ihn.

Er deutete auf den Zaun, wo seine beiden Jährlinge an einem Pfahl festgebunden waren. »Ein Dorf ist noch vor uns«, sagte er. »Ich denke, wir haben die beste Zeit erwischt.«

Es wurde jedesmal durch Los entschieden, in welcher Reihenfolge die Dörfer mit ihren Tieren an die Reihe kamen. Das war das beste Verfahren. Keiner machte gerne den Anfang, weil es immer eine Zeit dauerte, bis die Versteigerung richtig in Gang kam, und am Ende ließ das Interesse gewöhnlich wieder nach, weshalb auch keiner gerne der letzte war.

Ich verließ Angus Malcolm und ging um den Ring herum. Rodericks dunkler Schopf ragte über die Männer um ihn hinaus, und ich zwängte mich durch das Gedränge, bis ich direkt hinter ihm war. Der Mann aus Flodigarry und Thomas the Marag standen noch immer links und rechts von ihm.

Ich tippte ihn von hinten an. Er drehte sich um, lächelte

mich kurz an und wandte sich dann wieder der Versteigerung zu. Nun war ich eingekeilt; ich wurde gegen Rodericks breiten Rücken gepreßt, so daß ich gar nichts mehr sah und meine Informationen nur aus der Unterhaltung um mich herum entnehmen konnte.

Nach einer Weile hörte ich, wie Thomas einen Laut des Erstaunens ausstieß. Er stieß Roderick an. Mein Bruder beugte sich zu ihm hinunter. »Hast du gesehen, wer für dieses Tier bietet?« sagte Thomas. »Ronald the Fox! Mann, der Kerl muß ja viel Geld haben, wenn er sich sogar noch Tiere dazukaufen kann! Er hat doch bereits eine Menge Vieh, das er füttern muß – und dann kauft er noch dazu!«

»Dreiunddreißig Pfund fünfzehn. Vierunddreißig. Vierunddreißig zehn. Fünfunddreißig. Fünfunddreißig zehn.«

»Der Lange hat aufgegeben«, sagte Roderick. »Der Preis war ihm zu hoch.«

»Ja, aber bis vierunddreißig Pfund ist er mitgegangen«, sagte der Marag. »Und wenn Ronald the Fox bereit ist, so tief in seinen Geldbeutel zu langen, dann hat er das Geld auch, glaub mir.«

»Das glaube ich schon«, sagte Roderick langsam.

Nun waren die Tiere unseres Dorfes an der Reihe. Ich hörte, wie jemand sagte, Black William habe seine beiden Einjährigen sehr gut verkauft und ebenso Fair Duncan, hingegen habe Red Alistair den schlechtesten Preis von allen erzielt und einen seiner Jährlinge, für den man nur sechzehn Pfund geboten hatte, wieder zurückgezogen.

»Wo sind denn deine Tiere, Thomas?« fragte der Mann aus Flodigarry.

»Ach, ich hab bloß eine einzige Kuh«, antwortete der Marag. »Das Kälbchen habe ich verkauft, als es gerade einen Monat alt war. Mein Croft gibt nicht genug Futter her, um ein ordentliches Kaninchen durch den Winter zu bringen, geschweige denn eine Kuh und einen Jährling.«

Die Männer lachten und wandten sich wieder der Versteigerung zu. »Der Lange ist schon wieder mit dabei«, zischte der Marag und stieß Roderick mit dem Ellbogen in die Rippen. Roderick nickte.

Ich hörte aufmerksam zu, wie der Auktionator die Preise herunterhaspelte. Er hörte bei vierunddreißig Pfund und fünf Schillingen auf.

»Soso, nun hat er das Tier also gekauft«, sagte der Marag. »Ich hätte nie geglaubt, daß er über dreißig Pfund gehen würde. Mann, der muß wirklich scharf sein auf Vieh. Bloß, wie will er es füttern, wenn die Ernte auch nur annähernd so schlecht ausfällt wie letztes Jahr? Am Ende muß er sich noch Heu aus Inverness besorgen, und das wird ihn eine schöne Stange kosten.«

Ronald the Fox bot noch einmal bei einem Jährling, hörte aber auf, als ihm der Preis zu hoch wurde. Ich dachte, daß er nun genug habe, aber kurz bevor der Markt zu Ende ging, kaufte er noch ein Kalb.

Die Menge löste sich allmählich in kleine Grüppchen auf, in denen sich alte Bekannte aus weit entlegenen Dörfern zusammenfanden, um ein bißchen zu schwatzen und über die Versteigerung zu diskutieren. Vor dem Häuschen des Schreibers warteten Männer in einer Schlange auf ihr Geld.

Wir verabschiedeten uns von dem Mann aus Flodigarry und gingen hinunter zum Fluß. Von weitem sahen wir, daß Ronald bereits in der Mitte war und auf den Trittsteinen balancierte. Das Kalb, das er an einem kurzen Seil hinter sich herzog, hinderte ihn, sich normal vorwärtszubewegen. Gleichzeitig schrie er hinter seinem Hund her, der ein junges Rind über Kenneth the Soldiers Croft verfolgte.

»Ronalds Jährling ist durchgegangen!« rief ich. Das Kalb riß an dem Seil, mit dem es festgebunden war, der Lange fuchtelte mit seinem Stock und brüllte auf den Hund ein.

Schließlich gehorchte der Hund und trieb das Rind zum Fluß zurück. Ronald the Fox wischte sich mit dem Handrükken über die Stirn und drehte sich nach uns um.

»Na, Ronald«, sagte der Marag vergnügt, während wir aufholten, »wie's aussieht, bist du unter die Viehhändler gegangen.«

Der Lange war wütend, weil ihm sein Jährling davongelaufen war. Ich sah es an der Art, wie er sich auf die Unterlippe biß, und die Äußerung des Marag war nicht gerade dazu angetan, seine Laune zu heben. »Lach nur, Thomas«, sagte er ärgerlich und zerrte an dem Kalb, das um ihn herumhüpfte, »wer zuletzt lacht, lacht am besten. In einem Jahr verkaufe ich die beiden Tiere wieder, und zwar mit gutem Gewinn. Wir werden ja sehen.«

Es folgte ein betretenes Schweigen. Wie ich Thomas kannte, würde er aber seinen Mund nicht lange halten; deshalb wartete ich gespannt, was nun passieren würde.

Es passierte gar nichts, denn Roderick kam beiden zuvor und sagte ruhig: »Ein schöner Tag heute. Um diese Jahreszeit habe ich den Fluß noch nie mit so wenig Wasser erlebt.«

Ich wünschte, er hätte geschwiegen, anstatt sich in den beginnenden Streit einzumischen. Vielleicht hätte der Lange sich ja verraten, wenn er erst einmal richtig gereizt war. Aber Thomas war jetzt vom Thema abgelenkt. »Ach«, meinte er lachend, »was wir jetzt brauchen, ist ein tüchtiger Regenguß, damit sich die Lachse flußaufwärts wagen.« Er leckte sich schmatzend die Lippen. »Wieder einmal einen Lachs in der Pfanne, dagegen hätte ich nichts einzuwenden.«

Roderick sah sich um. Von Süden her wehte ein leichter Wind, und die Berge waren in blaue Dunstschleier gehüllt. »Ich glaube, das Wetter bleibt noch ein Weilchen so«, sagte er. »Du hast also wenig Aussicht auf einen Lachs, Thomas. Aber ich wollte heute abend zum Loch Dubhar-sgoth hinauf. Vielleicht erwische ich dort etwas.«

»Ja, in dem Loch gibt es gute Forellen«, sagte der Marag.

»Ich habe früher schon einige geangelt«, sagte Roderick. »Aber es ist natürlich ein ziemlicher Weg bis zum Loch, so daß es sich nur lohnt, wenn man bis zum Morgengrauen bleibt.«

Wir trennten uns kurz darauf von den beiden. Als wir allein waren, sagte ich zu Roderick: »Willst du heute abend wirklich zum Loch Dubhar-sgoth?«

»Ja, eigentlich schon.«

»Darf ich mitkommen?«

Er nickte.

»Toll«, rief ich begeistert, aber dann blieb ich abrupt stehen. »Und wer paßt am Schwarzen Felsen auf?«

Roderick verlangsamte seine Schritte nicht einmal. »Warum sollen wir aufpassen?« meinte er ruhig. »Heute nacht besteht nicht die geringste Gefahr. Sie werden fürs erste mit ihrer Ladung von gestern zufrieden sein.«

Wir marschierten eine Zeitlang schweigend nebeneinander her. »Roderick«, begann ich zögernd von neuem, »wo warst du heute nacht?«

»Wo warst *du*?« gab er zurück und musterte mich mit seinen dunklen Augen.

»Ich habe das Haus des Langen beobachtet«, sagte ich. »Ich habe gesehen, wie er nach Hause gekommen ist. Ich bin ganz sicher, er ist der Mann, der am Schwarzen Felsen auf den Lieferwagen gewartet hat. Aber wo hast du gesteckt? Ich dachte, du schliefest.«

»Ich habe nicht geschlafen«, sagte er mit einem kleinen Lächeln.

»Ich habe etwas nachgesehen.«

»Ach was«, sagte ich spöttisch. »Du bist mir nachgegangen. Stimmt das vielleicht nicht?«

Roderick war bereits mit einem Bein über den Zaun zu unserem Croft und wollte mir gerade antworten, als jemand seinen Namen rief. Ich drehte mich um. Es war John der Briefträger. Er schob sein Fahrrad den Berg herauf und winkte uns zu. »Ein Telegramm für dich, Roderick«, rief er fröhlich und wedelte dabei mit einem bräunlichen Umschlag. »Nichts Schlimmes, Junge. Aber es geht wieder zur See, und zwar bald.«

Als John fort war, öffnete Roderick den Umschlag und las das Telegramm. Dann knüllte er das Blatt zusammen und warf es in den Abzugsgraben. »Was für einen Tag haben wir heute?« fragte er nachdenklich.

»Dienstag«, antwortete ich.

»Ich muß am Freitag auf meinem Schiff sein«, sagte er langsam. »Bis dahin ist nur wenig Zeit und noch viel zu tun.«

Ich verstand ihn völlig falsch und sagte: »Soll das heißen, daß wir heute abend nicht zum Loch gehen?«

Roderick legte mir die Hand auf die Schulter. »Keine Angst, Junge, für ein paar Forellen aus dem Loch reicht es noch, auch wenn mir nur zwei Tage bleiben. O ja, und ich werde sogar einen viel größeren Fisch an Land ziehen, bevor ich gehe.«

»Wie meinst du das?« rief ich.

Aber er hatte sich bereits über den Zaun geschwungen und lief mit langen Schritten über den Croft auf das Haus zu.

Wie er so vor mir herging, sah ich zum ersten Mal in aller Deutlichkeit die Entschlossenheit, die sich in seinen Bewegungen ausdrückte, aber auch die Sanftheit, die ihn verstehen ließ, was eine Nacht am Loch mit der Angel in der Hand für mich bedeutete. Vor allem sah ich die eine Eigenschaft, die ihn vor allen anderen auszeichnete: Er wußte, was er wollte, und brauchte keinen, der ihm dabei half.

Ich quetschte mich unter dem Zaun durch und rannte hinter ihm drein zum Haus.

Kapitel 15

Roderick und ich verließen das Haus am späten Nachmittag zusammen mit Lassie, die neben uns hertrottete. Wir wollten eigentlich am Fluß entlang zum Loch Dubhar-sgoth hinaufgehen, doch als wir die Hauptstraße erreichten, sahen wir einen Viehwagen, der vor dem Dorfladen parkte. Der Fahrer kam gerade heraus. Er kannte Roderick und bot ihm an, uns ein Stück mitzunehmen.

»Ja«, sagte Roderick zu meiner großen Überraschung, »es würde uns gut passen, wenn du uns bis zum Schwarzen Felsen mitnehmen könntest.«

In der großen Fahrerkabine war genug Platz für uns beide mitsamt dem Hund, aber mich juckte es, so schnell wie möglich wieder auszusteigen. Ich brannte darauf zu erfahren, wieso wir nun doch zum Schwarzen Felsen gingen, und ich war froh wie selten, als ich wieder im Freien stand und den Laster von hinten sah.

»Was hast du vor?« sagte ich als erstes.

Roderick lachte. »Keine Angst, für uns kommt es auf dasselbe heraus, wenn wir über Loch Cuithir gehen. Ich will mir nur vorher noch einmal das Schäferhaus ansehen. Es dauert nicht lange.«

Ich folgte ihm bis zu der Ruine zwischen den Bäumen. Am hellichten Tag hatte das alte Haus nichts Bedrohliches für mich. Ich war sogar ein paar Schritte vor Roderick am Eingang.

Von dem Maschendraht, mit dem neulich der Eingang versperrt gewesen war, fehlte jede Spur, obwohl die Holzpflöcke noch im Gemäuer staken. Die vier Schafe waren ebenfalls verschwunden.

»Das habe ich mir genauso vorgestellt«, sagte Roderick. Er trat in den Raum, suchte mit Sorgfalt die Wände ab und blieb vor dem verfallenen offenen Kamin stehen. Dann bückte er sich und schaute in den Schornstein hinauf. Als er zum Eingang zurückkam, lächelte er.

»Wieso hast du dort hineingeguckt?« fragte ich.

»Ich wollte wissen, wo der Maschendraht geblieben ist«, antwortete er. »Er ist natürlich im Kamin. In einer kleinen, ordentlichen Rolle aufgewickelt, steckt er hintendrin. Diese alten Kamine eignen sich ausgezeichnet als Versteck.«

Danach machten wir uns wieder auf den Weg. Roderick bestimmte das Tempo und legte einen energischen Schritt vor. Wir erreichten Loch Cuithir und umrundeten ihn auf einem unwegsamen Pfad an seiner Nordseite. Der Pfad führte bis zum Fuß des Berges, wo er im hohen Gras endete, und wir begannen neben einem schnellfließenden Wildbach hinaufzusteigen. Bald hatten wir eine ziemliche Höhe erreicht. Ich ging hinter Roderick und mußte meine müden Beine zwingen mitzuhalten. Er hüpfte mit der Leichtigkeit einer Bergziege von Stein zu Stein, während wir im Zickzack dem Lauf des Baches folgten. Schließlich erreichten wir eine Stelle unmittelbar unterhalb der zerklüfteten, felsigen Ostwand des Beinn Edra. Roderick kletterte noch ein Stück und wartete dann auf dem Grat unseres Berges, bis ich ihn eingeholt hatte. »Da ist er«, sagte er und wies mit dem Finger voraus. Unter uns lag, in einer geschützten Mulde, Loch Dubhar-sgoth.

Wir gingen das letzte Stück des Weges hinab zu der hohen Uferböschung auf der Südseite des Loch. Roderick nahm seine Angel von der Schulter und setzte sich. Ich lief weiter zu einem Bergbach, der ein paar Schritte von uns entfernt in den Loch rieselte, kniete nieder und trank gierig. Das Wasser tat wohl; es war sehr kalt und prickelte auf der Haut. Ich tauchte das Gesicht in den Bach und fühlte mich wieder ganz frisch, als ich aufstand.

Roderick hatte inzwischen die drei Teile seiner Angelrute zusammengesteckt und war dabei, die Schnur durch die Ösen zu fädeln.

»Wie spät ist es?« fragte ich, während ich mich neben ihm ins Heidekraut fallen ließ.

Er schaute auf die Uhr. »Fast zehn.«

Ich sah ihm zu, wie er ein Nylonvorfach an der Schnur befestigte. Zunächst hielt er das Stück Nylon an die Rute, um die Länge abzuschätzen, dann zurrte er es an der Schnur fest. Er arbeitete flink und mit sicheren Bewegungen, redete dabei kein Wort und schien ganz und gar in seine Tätigkeit versunken. Dann holte er eine kleine Büchse aus der Tasche und suchte zwei Angelhaken heraus. Schließlich förderte er die verschiedenen Teile eines Keschers zutage; er zog das Netz mit Geschick über das Drahtgestell und schraubte den Griff daran fest.

Der Wind war stärker geworden. Unruhige Böen, die von Westen her über den See trieben, kräuselten und bewegten das Wasser. Nur eine kleine Nische im Südwesten lag ganz still.

»Wenn der Wind nicht gedreht hätte, wär's am ganzen Südufer ruhig«, sagte Roderick. »Aber mit diesem Westwind gibt es kaum eine Stelle, wo das Wasser ruhig steht.« Er stand auf und schulterte die Angel. »Egal, wir können es genausogut versuchen.«

Ich hob den Kescher auf und folgte ihm hinunter zum See. Roderick begann zu angeln. Die einzigen Geräusche, die wir dabei hörten, waren das Zischen und Ächzen der Schnur, wenn sie ausgeworfen und wieder aufgespult wurde, und das sanfte Plätschern der kleinen Wellen, die gegen die Steine am Ufer schwappten.

Jedesmal, wenn Roderick die Schnur aufrollte, ging er ein paar Schritte weiter, bis wir den Loch im Westen umrundet hatten und uns am gegenüberliegenden Ufer entlangarbeiteten. Ich stand schräg hinter ihm und genoß, ohne an irgend etwas zu denken, das wohlige Gefühl, das einen nach einem langen, anstrengenden Fußmarsch überkommt. Ich schaute vom Wasser auf. Über der hohen, schwarzen Wand des Beinn Edra war inzwischen ein gestochen scharfer Halbmond aufgegangen.

Roderick spulte die Angelschnur auf und drehte sich zu mir um. »Willst du mal probieren?« sagte er.

»Ach, fürs Angeln hab ich kein Geschick«, sagte ich. »Die Seefischerei liegt mir mehr. Mach du nur selber weiter. Ich sehe dir gerne zu.«

Wir wanderten nach und nach um den ganzen Loch und waren bereits wieder in der südwestlichen Biegung angelangt, als Roderick seine erste Forelle fing. Er riß mir mit der Linken den Kescher aus der Hand, stülpte ihn über den Fisch und warf ihn ans Ufer. Bachforellen sind wirklich sehr schöne Fische. Es wäre eine Schande, sie zu fangen, wenn sie nicht so vorzüglich schmeckten. Meine Mutter ihrerseits verstand es, sie so schmackhaft zuzubereiten, daß man sich dumm und dämlich an ihnen essen konnte.

Roderick fing hintereinander noch drei Forellen in der

gleichen windstillen Bucht. Danach ließ sich lange Zeit kein einziger Fisch sehen. Ich stand also nur da und wartete, und bei dem Rauschen des Windes im Heidekraut und im Schilf am Wasserrand wurde es mir immer schwerer, die Augen offenzuhalten.

»Müde?« fragte Roderick.

»Ein bißchen«, gestand ich.

»Wir trinken gleich Tee und essen unser Brot dazu«, sagte er. »Und dann schläfst du am besten eine Runde, sonst bist du morgen früh völlig erledigt.« Er öffnete unsere Thermosflasche und goß mir den ersten Becher ein. Der Tee war warm und tat gut. Ich holte ein Käsebrot aus meiner Umhängetasche und stopfte es zufrieden in mich hinein. Mitten in der Nacht draußen auf dem Berg ein Stück Brot zu essen, ist ein königlicher Genuß, den nichts so leicht übertrifft.

Roderick hatte sich eine Zigarette angezündet und lehnte sich zurück. »Roderick«, sagte ich und dachte dabei an das, was Catherine Isobel von ihm behauptet hatte, »bist du eigentlich froh, daß du bald wieder gehst?«

»Ja, in gewisser Weise schon«, antwortete er nach einer Weile.

»Wieso?«

»Ach, ich weiß nicht recht. Ein paar Tage hier sind schön, aber dann werde ich unruhig und muß wieder fort.«

»Woran liegt das?«

Er lachte. »Du liebe Zeit, Junge, du bist wirklich ein Plagegeist mit deiner Fragerei.«

»Also, wieso hält es dich hier nicht?« bohrte ich hartnäkkig.

»Vielleicht, weil es mich nirgendwo lange hält«, sagte er leise. »So bin ich eben.« Er lachte wieder. »Ich will immer wissen, was hinter dem nächsten Berg liegt. Deshalb bin ich dauernd unterwegs.«

»Aber nach Skye kommst du immer wieder zurück.«

»O ja, ich komme immer wieder zurück. Nach einer gewissen Zeit fehlt mir die Insel, ihr Anblick und ihr Geruch«, sagte er langsam. »Skye ist etwas Besonderes. Sogar der Regen fühlt sich hier besonders an und hat einen eigenen Geruch. Am Regen in meinem Gesicht könnte ich dir mit verbundenen Augen sagen, ob ich auf Skye bin.«

»Ja, aber das ist sicher nicht alles«, sagte ich. »Du kommst doch nicht bloß nach Hause, um einmal wieder richtig bis auf die Haut naß zu werden.«

Roderick lachte nicht. »Das ist nicht alles, da hast du schon recht«, gab er zu. »Kenneth the Soldier, der war auch ein unruhiger Geist. Er hat in seinen jungen Jahren die ganze Welt durchstreift, aber als er alt und müde wurde, kehrte er hierher zurück.« Er stand auf und zog seine Jacke aus. »Hier«, sagte er, »deck dich damit zu. Ich versuch's noch mal im Loch.«

Ich wickelte mich in seine Jacke und sah ihm nach, wie er wieder zum Wasser hinabging. Dies hier war die Welt, in die Roderick gehörte: die dunklen Berge mit dem weiten, öden Moor ringsumher. Kein Wunder, daß er mir immer wie ein Tier im Käfig vorkam, wenn er am Feuer in der Küche saß. Für Menschen wie ihn war das Herdfeuer nicht der richtige Platz. Er brauchte die See und das Moor und die Berge – alles, was auf der Welt frei und ungebändigt ist.

Ich schloß die Augen. Das letzte, was ich wahrnahm, war das Zischen der Angelschnur und das Rascheln des Windes in der Heide. Dann versank ich sofort im Schlaf.

Als ich aufwachte, war es bereits hell am Himmel, und Roderick saß neben mir. Ich richtete mich zitternd vor Kälte auf.

Roderick hatte ein wenig Tee in der Thermosflasche aufgehoben und schenkte ihn mir ein. Wortlos reichte er mir den Becher. Der Tee war nur noch lauwarm, aber er schmeckte trotzdem gut. Ich trank den Becher in zwei gierigen Zügen leer.

»Wie fühlst du dich?« fragte Roderick.

»Gut«, erwiderte ich. »Hast du noch mehr Fische gefangen?«

»Nur einen«, antwortete er. »Aber ich will es gleich noch einmal versuchen.«

Meine Glieder waren steif, als ich aufstand und Roderick zum Rand des Loch folgte. Lassie trottete neben mir her, sprang ins Wasser und planschte geräuschvoll darin herum. Ich rief sie zurück, worauf sie mit eingezogenem Schwanz wieder ans Ufer kam.

Die Fische stiegen nach oben. Auf dem Wasser sah man die Ringe, die sich ausbreiteten und immer größer wurden. Roderick warf seine Angel aus. Ich sah gespannt zu, wie die Leine über das Wasser zischte.

Er fing vier glitzernde Forellen in kurzer Zeit hintereinander und dann noch einmal drei, fast ohne Pause. Danach geschah allerdings lange Zeit gar nichts. Aus irgendeinem Grund kamen die Fische nicht mehr an die Oberfläche. Am östlichen Himmel war inzwischen die Sonne als roter Feuerball aufgestiegen. Wir umrundeten den Loch noch zweimal, Roderick fing jedoch nur zwei weitere Fische. »Ich glaube, wir machen jetzt besser Schluß«, sagte er, »denn wenn wir nicht bald nach Hause kommen, ißt du vor lauter Hunger noch deine Schuhsohlen.«

Ich nahm die Fische und packte sie in meine Umhängetasche, während Roderick seine Angel auseinandermontierte. Danach saßen wir noch einen kurzen Augenblick stumm nebeneinander im Gras. Schließlich sagte ich: »Es war schön.«

»Ja, es war schön«, bestätigte er und warf sich die Angel über die Schulter. »Wie geht's deinen Beinen?«

»Gut.«

»Na, dann kann's ja losgehen. Wir wollen nicht lange trödeln.«

Ich sah die frischen Forellen bereits in der Pfanne über dem Feuer brutzeln und nickte. Aber Roderick und ich kamen keine fünf Schritte weit. Plötzlich hallte ein Flintenschuß laut und klar über den Loch. In dem Moment, als der dumpfe Widerhall des Echos durch die Berge rollte, hörte ich das bösartige Zischen einer Kugel, die über meinen Kopf hinwegpfiff.

Ich blieb wie angewurzelt stehen und sah mich verständnislos um. Roderick warf sich mit einem schnellen, heftigen Satz auf mich und riß mich zu Boden. Dann knallte es wieder, und wieder rollte das Echo durch die Berge, und eine zweite Kugel flog mit drohendem Pfeifen durch die Luft.

Ich drückte mich flach auf den Boden, ohne auf das Heidekraut zu achten, das mir das Gesicht zerstach. Mir wurde ganz merkwürdig im Magen, und mein Mund war plötzlich trocken. Wenn ich je Angst hatte, richtige Angst, dann in diesem Augenblick.

Kapitel 16

Die Minuten verstrichen im Schneckentempo – jede Sekunde ein Augenblick atemloser Spannung. Aber nichts geschah. Ich hörte den schnarrenden Schrei einer Schnepfe und irgendwo aus der Ferne den hellen Gesang eines Regenpfeifers. Weiter im Süden blökten Schafe.

Ich hob vorsichtig den Kopf und schaute zu Roderick hinüber. Er lag ein paar Schritte von mir entfernt im Heidekraut und suchte mit seinen Blicken den Berghang im Süden ab.

»Roderick«, flüsterte ich.

Er kroch auf allen vieren zu mir herüber. »Was ist?«

Ich schluckte. »Was meinst du, wer auf uns schießt?«

»Ich weiß es nicht.« Sofort wandte er sich wieder dem Felskamm vor uns zu, hinter dem das Gelände steil zur Bergwand anstieg.

»Von wo kommen die Schüsse?« Meine Stimme bebte.

»Von hinter dem Kamm«, sagte Roderick. »Die Sonne scheint voll auf uns. Mit dem Loch im Rücken waren wir eine prächtige Zielscheibe. Ich staune, daß der uns verfehlen konnte.«

»Glaubst du, daß er jetzt verschwunden ist?« fragte ich.

»Keine Angst, das kriege ich gleich heraus.«

Ich klammerte mich fest an seinen Arm. »Nein, Roderick«, schrie ich. »Bleib hier, geh nicht weg!« Ich schämte mich wegen meiner Angst, aber immerhin war es das erste Mal, daß jemand auf mich geschossen hatte.

Roderick schüttelte mich ab und sagte grob: »Halt den Mund. Sollen wir vielleicht den ganzen Tag wie zwei verschreckte Hühner hier hocken und warten? Nimm dich zusammen, Junge. Du wartest etwa fünf Minuten«, fügte er hinzu, »dann kriechst du zu mir herüber.«

Ich drückte mich noch tiefer ins Gras, sofern das überhaupt möglich war, und versuchte ganz ruhig zu atmen. Roderick erhob sich und lief, ohne den Felskamm aus den Augen zu lassen, zu einem kleinen Hügel hinüber. Mir kam es vor, als bewege er sich wahnsinnig langsam.

Ich hörte den dumpfen Knall des Schusses, kaum daß er fünf Meter weit gekommen war. Sofort fiel Roderick hinter dem Hügel zu Boden und blieb reglos liegen. Ich war sicher, daß es ihn erwischt hatte, so sicher, daß meine Angst vor dem verborgenen Heckenschützen der viel schlimmeren Angst wich, Roderick könnte tot sein und ich sei nun allein. Ich sprang auf und rannte los.

Wieder pfiff eine Kugel durch die Luft und zischte über meinen Kopf hinweg, aber ich rannte weiter. Als ich mich neben Roderick ins Gras warf, hallte das Echo des Schusses grollend und rumpelnd durch die Berge.

»Bist du verletzt, Roderick?« keuchte ich.

»Natürlich nicht«, antwortete er ruhig. »Wieso hast du nicht gewartet, wie ich dir gesagt habe?«

»Ich dachte, du seist verwundet«, sagte ich.

»Bei dem Meisterschützen? Die Gefahr ist nicht groß«, sagte Roderick geringschätzig. »Selbst wenn ich ein Riese wäre, hätten mich diese Schüsse um Meter verfehlt.« Er schaute mich nachdenklich an. »Die Sache kommt mir ziemlich merkwürdig vor, Junge. Ich hätte nie gedacht, daß es im Dorf jemanden gibt, der so miserabel schießt.«

»Wo ist er?« fragte ich noch einmal.

»Dort oben am Berg, glaube ich, hinter dem Kamm«, erwiderte Roderick. »Man könnte sich gar keine bessere Stelle aussuchen – vorausgesetzt, man will jemanden aus dem Hinterhalt erschießen«, fügte er hinzu.

»Aber das ist ja ein gutes Stück entfernt«, sagte ich ziemlich erleichtert.

»Keine tausend Meter«, gab Roderick zurück. »Weniger, viel weniger. Wenn du hier mit dem Rücken zum Loch stündest und ich hinter dem Kamm da oben wäre, dann würde ich dich ohne weiteres erwischen, das garantiere ich dir.«

»Vielleicht soll es ja ein Scherz sein«, schlug ich vor. »Vielleicht will uns jemand bloß einen Schrecken einjagen.«

Roderick knurrte. »Ein eigenartiger Scherz«, das war alles, was er sagte.

Wir blieben eine ganze Weile schweigend nebeneinander liegen. Ich spürte Lassies feuchte Schnauze an meinem Bein. Um uns herrschte vollkommene Stille, und die Luft war warm, seit die Sonne am Himmel stand. Das Blöken der Schafe in den Bergen war das einzige Geräusch weit und breit. Ich wollte gerade sagen, daß der Schütze wohl verschwunden sei, da hallte wieder ein Schuß über den See. Die Kugel pfiff links an uns vorbei, hoch über unseren Köpfen.

»Was habe ich dir gesagt?« meinte Roderick. »Der Kerl ist entweder fast blind oder er hat keine Ahnung, wie man mit einem Gewehr umgeht.«

Es vergingen ungefähr zwanzig Minuten, ehe ein weiterer Schuß fiel. Die Kugel zischte harmlos über uns hinweg. Erneut Stille, diesmal eine halbe Stunde. Dann der nächste Schuß. Und wieder folgte eine lange, anhaltende Stille.

»Ich möchte wissen, was der Kerl vorhat«, sagte Roderick

mehr zu sich selbst. »Sind das nur Warnschüsse, um uns wissen zu lassen, daß er noch da ist? So einen schlechten Schützen kann es nicht geben. Ist es nur, damit wir ruhig liegenbleiben?«

»Aber wieso?«

»Das frage ich mich auch«, murmelte er. »Wieso sollte jemand ein Interesse daran haben, uns hier festzuhalten?«

Inzwischen war seit dem letzten Schuß über eine Dreiviertelstunde vergangen, und ich glaubte sicher, daß der Heckenschütze nun wirklich abgezogen war. Ich sagte zu Roderick, was ich dachte.

»Wir werden sehen«, erwiderte er. »Ich gehe hinüber zu dem Felsen dort. Wenn er schießt, läßt du dir Zeit, ehe du mir folgst. Und geh diesmal nicht aufrecht. Vielleicht ist der Kerl tatsächlich ein miserabler Schütze, dann könnte es passieren, daß er dich unabsichtlich erwischt.«

»In Ordnung«, sagte ich. »Und paß du auch auf.« Der Gedanke, daß sich mein Bruder als Zielscheibe anbot, um festzustellen, ob der Heckenschütze noch da war, gefiel mir gar nicht. Doch Roderick stand in aller Ruhe auf und spazierte mit hocherhobenem Kopf zu dem Felsen. Es sah aus, als schlendere er über den Croft zum Krämer, um sich eine Pakkung Zigaretten zu kaufen.

Ich wollte ihm zurufen, er solle nicht so leichtsinnig sein. In dem Augenblick knallte der Schuß. Die Kugel strich dicht an mir vorbei. Roderick duckte sich und warf sich mit einem Sprung hinter den Felsen. Ich kroch vorsichtig durch das Heidekraut, bis ich neben ihm lag.

»Diesmal hat er dir beinahe den Scheitel nachgezogen«, sagte ich.

»Ja, ein bißchen ungemütlich nah«, gab er zu. »Der Kerl will wohl tatsächlich, daß wir liegen bleiben, hm?«

Wir warteten von neuem angespannt. Aber wieder geschah nichts. Eine Stunde verging, die mir wie eine Ewigkeit vorkam. Schließlich sagte Roderick: »Ich versuch's noch mal. Wenn du keinen Schuß hörst, dann rühr dich trotzdem erst, wenn ich dir von dort oben ein Zeichen gebe.«

Er duckte sich, als er ins Freie trat, und bewegte sich im Zickzack voran. ›Der letzte Schuß mußte ihn um Haaresbreite verfehlt haben‹, dachte ich, ›sonst würde er nicht mit soviel Vorsicht gehen.‹ Lassie wollte ihm folgen, aber ich hielt sie fest.

Roderick war inzwischen auf halbem Weg zu dem Felskamm, ohne daß etwas geschehen war. Das Heidekraut wich dort einer dünnen Grasnarbe, die ihrerseits in Geröll überging, je steiler das Gelände anstieg. Dazwischen ragten überall große Felsbrocken aus dem Boden, die gute Dekkung boten, und Roderick nutzte sie, so gut er konnte.

Ich beobachtete ihn aufmerksam, als er hinter einem der Felsblöcke auftauchte und die letzten zwanzig Meter zum Kamm hinaufsprang. Oben angelangt, richtete er sich auf, blickte sich um und winkte mir zu kommen. Ich erhob mich steif und rannte zu ihm. Lassie raste wild bellend vor mir her.

»Und jetzt?« keuchte ich, als wir nebeneinander auf dem Kamm standen.

Roderick rieb sich das Kinn, auf dem über Nacht ein ziemlicher Stoppelbart gewachsen war. »Nach Hause!« sagte er. »Was sonst?«

Er drehte sich um und wollte gehen, da entdeckte ich etwas Weißes unter seinem Stiefel. Es war ein Stück Papier. Roderick hatte darauf gestanden.

Nun findet man in den Bergen zwar alles mögliche, aber nicht unbedingt Papier. Ich bückte mich und hob es auf. Es war ein einzelnes, am Rand ausgefranstes Blatt, das aus einem Notizbuch gerissen worden war. In großen, ungelenken Lettern waren drei Worte quer darüber geschrieben:

Roderick beobachtete mich neugierig. »Was ist denn?« sagte er schließlich.

Ich streckte ihm das Blatt Papier hin. »Du hast darauf gestanden«, sagte ich. »Siehst du? Sie planen, heute Schafe zu stehlen. *Deshalb* haben sie uns hier am Loch festgehalten. Sie mußten sicher sein, daß du ihnen nicht in die Quere kommst.«

»Man würde annehmen, daß sie sich den Tag merken können, ohne ihn aufzuschreiben«, sagte Roderick nachdenklich. »Und dann fällt der Zettel dem Heckenschützen einfach so aus der Tasche, vor unsere Füße.«

Ich begriff nicht, worauf er hinauswollte, und sagte ungeduldig: »Das kann doch leicht passieren, wenn du auf dem Bauch liegst und ein Gewehr an der Schulter hältst.«

Roderick steckte den Zettel ein. »Ja, passieren kann das schon«, sagte er mit einer merkwürdig tonlosen Stimme.

»Und was tun wir nun?« fragte ich.

»Wir sehen uns am Schwarzen Felsen um«, antwortete er, »und zwar schnell.«

Als wir Loch Cuithir erreichten und den Weg übers Moor zum Schwarzen Felsen einschlugen, hatte ich so heftiges Seitenstechen, daß ich an nichts anderes mehr denken konnte. »Bist du geschafft, Junge?« fragte Roderick. Er machte einen großen Schritt über den Straßengraben und blieb ein paar Meter vom Schwarzen Felsen entfernt auf der Straße stehen.

»Ach, ich bin gleich wieder in Form, wenn ich erst einmal anständig gegessen habe«, sagte ich. »Mein Magen knurrt wie wild vor lauter Hunger.«

»Tja, gegen einen kräftigen Bissen hätte ich auch nichts einzuwenden«, bemerkte er, während er sich umsah. Die Straße war leer und verlassen, und auch in dem öden Moorland ringsum war keine Menschenseele zu sehen.

»Ich glaube, die sind mit den geklauten Schafen längst über alle Berge«, sagte ich erschöpft. Der Schweiß rann mir zwischen den Schulterblättern den Rücken hinab.

»Ja, wahrscheinlich hast du recht«, sagte Roderick. »Aber bevor wir gehen, werfen wir noch einen Blick in das Schäferhaus.«

Ich folgte ihm zwischen den Bäumen zu dem alten Haus. Das erste, woran mein Blick hängenblieb, war das Funkeln der Sonnenstrahlen auf dem verzinkten Maschendraht, mit dem der Eingang versperrt war. Wir rannten beide bis zur Tür und blieben mit einem Ruck stehen. Ich glaube, wir waren beide zu verblüfft, um ein Wort herauszubringen. Im Inneren der Ruine waren zwanzig oder mehr Schafe eingesperrt. Lassie schob die Schnauze durch die Maschen des Drahts und schnupperte.

»Na so was«, sagte Roderick schließlich, »ich habe ja in meinem Leben schon manches erlebt, aber das hier schlägt dem Faß den Boden aus.«

»Dann haben wir also doch noch Glück«, sagte ich begeistert. »Jetzt haben wir sie endgültig. Wir brauchen bloß zu warten, bis sie heute abend mit dem Lieferwagen kommen.« Ich platzte fast vor Erregung und hatte darüber mein Seitenstechen vergessen.

»Ich habe den Verdacht, daß der Lieferwagen heute gar nicht kommt«, sagte Roderick langsam.

»Soll das heißen, daß du schon vorher eingreifst?« rief ich.

Roderick drehte sich um und sah mich an. »Ja, ich werde vorher eingreifen«, sagte er nach einer Weile. »Hier ist jemand mit einer Hinterlist am Werk, die unser ganzes Dorf vergiftet, wenn ihr nicht bald ein Ende gesetzt wird. Aber ich werde ihr ein Ende setzen, und zwar bevor der Tag herum ist.« Er riß den Maschendraht von den Pflöcken und warf ihn zur Seite. Die Schafe drängten sich noch enger zusammen und stierten auf Lassie. Keines würde auch nur einen Schritt vorwärts tun, solange sie da war.

»Halt den Hund fest«, befahl Roderick.

Ich zerrte Lassie vom Eingang weg, und Roderick ging ins Innere des Hauses, um die Schafe herauszutreiben. Ich sah sie genau an, als sie herauskamen: drei unserer eigenen Hammel, vier von Red Alistair, zwei mit dem blauen Zeichen von Angus Malcolm, vier mit dem Zeichen des Marag. Ich sah Schafe von allen Bauern im Dorf – mit einer Ausnahme. Ein Zeichen fehlte. Ein grünes.

»Einer ist hier nicht vertreten«, sagte ich, als Roderick wieder heraustrat. »Einem werden die Schafe nicht gestohlen, das ist sonnenklar.«

»Ich habe selber Augen im Kopf«, sagte Roderick scharf.

Vermutlich ist es nicht leicht für jemanden, wenn er sich eingestehen muß, daß sein kleiner Bruder am Ende recht behalten hat. Aber ich war noch nicht zufrieden, ich wollte ihn zwingen, es auch offen auszusprechen. »Und von wem waren keine Schafe dabei?« sagte ich. Meine Stimme klang dreist und herausfordernd.

Roderick schaute mich mit harten Augen an und sagte voller Ingrimm: »Von Ronald the Fox.«

Kapitel 17

Wir kamen kurz nach Mittag nach Hause. Unsere Mutter hatte sich fast zu Tode geängstigt. Wären wir noch ein wenig länger fortgeblieben, so hätte sie wahrscheinlich das ganze Dorf alarmiert und nach uns ausgeschickt.

»Wieso kommt ihr erst jetzt?« fragte sie aufgebracht. »Seit Stunden laufe ich alle naselang zur Tür, um nach euch auszuschauen!«

»Warum bist du so aufgeregt?« sagte Roderick ruhig. »Wir wären ja früher gekommen, wenn die Fische schneller angebissen hätten.«

»Und Neil hast du auch die ganze Nacht da draußen gelassen, und ohne einen Bissen zu essen«, schimpfte meine Mutter. »Hältst du das für gescheit?«

»Es war großartig«, sagte ich und machte es mir auf der Bank am Feuer bequem. »Und in meiner Tasche habe ich ein paar Prachtforellen. Aber gleich esse ich sie roh, so einen Bärenhunger habe ich.«

Meine Mutter erging sich weiter über unseren Unverstand, aber sie begann sofort, die Fische auszunehmen und zu säubern, so daß sie wenig später fröhlich in der Pfanne überm Feuer brutzelten.

Ich habe oft gut gegessen, aber nichts davon war zu vergleichen mit diesen gebratenen Forellen mit Brot, Butter und Girdle Scones. Ich war so hungrig, daß ich wie ein Wolf darüber herfiel. Als ich fertig war, schob ich den Teller von mir und seufzte zufrieden: »Das war phantastisch, Mutter. So gut hat es mir überhaupt noch nie geschmeckt.«

Roderick dagegen aß nicht halb soviel wie ich und redete auch während des Essens kein Wort, was aber sicher nicht daran lag, daß es ihm vor Hunger die Sprache verschlagen hätte. Ich glaube, er war so sehr mit seinen Gedanken beschäftigt, daß er nicht einmal gemerkt hätte, wenn er statt der Forelle trockenes Brot gegessen hätte.

Sobald er mit dem Essen fertig war, ging er in unser Schlafzimmer hinauf. Wenig später kam er wieder herunter und marschierte, ohne nach rechts oder links zu schauen, aus dem Haus. Ich rannte ihm nach.

»Wohin gehst du, Roderick?« sagte ich.

»Zu den Klippen«, antwortete er. »Ich muß in Ruhe nachdenken, verstehst du, nachdenken, und zwar schnell. Du weißt, übermorgen muß ich wieder fort.«

»Darf ich mitkommen?«

»Von mir aus. Wenn du mir versprichst, daß du mir nicht mit deiner Fragerei auf die Nerven gehst.«

»Ich werde mucksmäuschenstill sein«, versprach ich. Wir zogen also zusammen los, quer übers Moor zu den Klippen. Roderick suchte sich den höchsten Punkt aus, von dem aus wir die Bucht und zugleich das Gelände hinter uns im Auge behalten konnten. Die steile Klippenwand aus zerklüftetem Felsgestein fiel fast senkrecht zum Strand hin ab. Es war ein stiller, heißer Tag; kaum ein Windhauch störte die Ruhe der See. Breite, flache Wellen wälzten sich träge auf den Strand zu und zerrannen dort.

Ich lag auf dem Bauch und konnte die geduckte schwarze Hütte der Lachsfischer am südlichen Ende der winzigen Insel weiter draußen in der Bucht sehen, und auch die Markierungsbojen und die Reusennetze in der Nähe der Flußmündung waren deutlich zu erkennen. Zwei Austernfischer flogen tief übers Wasser, und eine riesige Möwe mit schwarzweißen Schwingen kreiste langsam über dem Fischerboot, das im Kanal auf der windgeschützten Seite der Insel vertäut lag.

Ich rollte mich auf den Rücken und spürte die Wärme der Sonne auf meinem Gesicht. Nicht eine einzige Wolke trübte das tiefe Blau des Himmels. »Du, Roderick«, sagte ich, »war das eine 0815, womit der Kerl oben am Loch auf uns geschossen hat?«

»Was denn sonst?« antwortete er. »Du hast sicher nicht angenommen, daß es ein Luftgewehr war, oder?«

»Nein, ich habe nur gedacht . . .«

»Sag nichts«, fiel er mir ins Wort, »ich kann Gedanken lesen. Du hast gedacht, daß ein einziger im ganzen Dorf ein Gewehr vom Kaliber 0815 hat.«

»Stimmt.«

»Und du wolltest sagen, dieser eine ist Ronald the Fox.«

»Na und?« sagte ich etwas pikiert. »Es stimmt doch, oder nicht?«

Roderick stützte sein Kinn in die Hände. Er schaute mich nachdenklich an. »Ja, es stimmt schon«, gab er zu. »Aber es ist nicht das Gewehr, das mir Kopfzerbrechen macht, sondern der Mann, der seinen Finger am Abzug hatte.«

»Ach, was soll dieses Ratespiel«, sagte ich. »Weißt du nicht genau, wer es war?«

Roderick setzte sich plötzlich auf und nahm einen Notizblock und Umschläge aus der Tasche. »Hör endlich auf zu fragen«, sagte er. »Ich habe noch etwas Dringendes zu erledigen, und es wird höchste Zeit.«

Ich sah zu, wie er einen Bleistift aus der Tasche kramte und anfing zu schreiben. Bald war er fertig mit dem ersten Blatt. Er riß es vom Block und legte es neben sich ins Gras. Auch für das zweite und dritte Blatt brauchte er nicht lange.

Meine Neugierde wuchs mit der Zahl der beschriebenen Blätter, die er auf einen Stapel neben sich legte. Er hatte beinahe den ganzen Block verbraucht, bevor mir dämmerte, daß er überall das gleiche daraufgeschrieben haben mußte: nur drei Zeilen, soweit ich sehen konnte. Schließlich packte er den Stapel Briefumschläge auf den Block und begann sie zu adressieren. Als er damit fertig war, nahm er das oberste Blatt und faltete es in der Mitte. Danach schob er es mit großer Sorgfalt in einen der Umschläge und klebte ihn zu.

Ich schaute ihm wortlos zu, bis nur noch ein leerer Umschlag übrig war. Dann konnte ich meine Neugier nicht mehr bezähmen. »Was hast du vor, Roderick?« fragte ich. »Was hast du geschrieben?«

Er war im Begriff, das letzte Blatt zu falten, zögerte einen Augenblick und reichte es mir.

Es standen tatsächlich nur drei Zeilen darauf, die in großen schwarzen Druckbuchstaben geschrieben waren und die ganze Seite bedeckten. Ich las einmal, dann ein zweites und ein drittes Mal, aber ich verstand nicht, was Roderick damit bezweckte.

ICH WEISS JETZT, WER DER SCHAFDIEB IST.
KOMM HEUTE ABEND UM ZEHN UHR ZUM
SCHÄFERHAUS AM SCHWARZEN FELSEN.
RODERICK

Völlig verständnislos gab ich ihm das Blatt zurück. Mein Gesichtsausdruck muß deutlich genug gewesen sein, doch Roderick sagte nur: »Du bringst jedem Mann im Dorf einen dieser Briefe. Das ist alles, was du zu tun hast. Jeder im Dorf muß solch einen Brief bekommen, wir dürfen keinen auslassen.«

»Aber er wird doch nie kommen«, platzte ich heraus.

»Wer? Der Schafdieb?« Roderick lachte auf. »Keine Angst, der kommt schon. Er wird kaum wagen, nicht zu kommen, denn dann wäre ja seine Schuld eindeutig durch sein Fernbleiben erwiesen.«

»Aber was willst du dann tun? Wieso bestellst du sie alle zu dem alten Haus da oben?« sagte ich.

»Jeder soll mit eigenen Augen sehen, daß Recht getan wird«, sagte Roderick. »Das haben wir bisher immer so gehalten. Jeder einzelne muß dabeisein, wenn Lügen, Haß und Argwohn wirklich ein Ende nehmen sollen.«

»Was soll ich tun, wenn sie mir beim Austragen der Briefe irgendwelche Fragen stellen?«

»Dann weißt du von nichts.«

»Und wenn jemand wissen will, wo du bist?«

»Du sagst, du hast keine Ahnung«, antwortete er, ohne zu zögern. »Stell dich dumm, Junge, das ist alles, was du zu tun hast.«

Ich nahm ihm die Umschläge aus der Hand. »Na schön«, sagte ich widerstrebend. »Aber ich habe immer noch nicht recht verstanden, was das soll.«

»Du wirst es bald genug sehen«, versprach er. »Und jetzt paß gut auf. Du selbst kommst auch zu dem Schäferhaus; achte darauf, daß du schon vor zehn da bist. Sobald alle Männer versammelt sind, pfeifst du ein paar Takte von *Eilean a' Cheo,* aber erst, wenn du dir absolut sicher bist, daß alle da sind. Hast du das begriffen?«

Ich nickte.

Er sprang mit einem Ruck auf. »Warte eine halbe Stunde, bevor du losgehst und diese Briefe verteilst«, sagte er.

»Und wohin gehst du inzwischen?« fragte ich.

»Ich suche mir ein ruhiges Plätzchen, wo mich niemand mit Fragen löchert«, erwiderte er mit dem Anflug eines Lachens. Doch das Lachen verschwand sofort wieder, und er wurde plötzlich sehr ernst. »Es hängt soviel von einem einzigen Wort und dem schlechten Gewissen des Schuldigen ab. Ach, wir müssen es eben riskieren.« Er hob den Arm, ein warmes, freundliches Lächeln überflog sein Gesicht, dann verschwand er.

Ich gab ihm eine gute halbe Stunde, bevor ich mit den Briefen loszog. Den ersten brachte ich Black William. »Was ist das?« fragte er sofort, indem er auf den Umschlag mit seinem Namen schielte.

»Eine Nachricht von Roderick«, sagte ich zögernd.

»Und was steht drin?«

»Das weiß ich nicht«, antwortete ich und drehte auf dem Absatz um.

»He, warte«, rief er, »vielleicht will er gleich eine Antwort!«

Er las den Brief. Dann sah er mich mit zornrotem Gesicht an. »Willst du mich auf den Arm nehmen, Junge?« schrie er.

»Ich weiß überhaupt nichts«, sagte ich hitzig.

»Wo ist Roderick?« wollte er wissen.

»Weiß ich nicht. Er ist weggegangen.«

»Und wann kommt er wieder?«

»Woher soll ich das wissen, wenn ich nicht mal eine Ahnung habe, wo er hingegangen ist?« Ich ließ ihn stehen und lief über seinen Croft davon, aber er brüllte mir noch nach, als ich schon fast außer Hörweite war. Wo ich danach auftauchte, war es überall dasselbe: die gleiche Ungläubigkeit, dann der Verdacht, daß sich jemand einen Scherz mit ihnen erlaubte, und am Ende folgte ein Zornesausbruch.

Ronald the Fox sparte ich mir bis zuletzt auf. Um ganz ehrlich zu sein, war mir nicht besonders wohl bei der Vorstellung, dem Langen gegenüberzutreten. Im Kuhstall war er nicht zu sehen, so daß ich allen Mut zusammennahm und ins Haus trat.

Die dunkle, bedrückende Küche war Gott sei Dank leer.

Ich blickte mich um, legte den Umschlag auf den Tisch und wollte wieder gehen. Da fiel mein Blick auf das Gewehr. Es lag auf der Holzbank an der Wand. Ich zögerte einen kurzen Augenblick und schaute durch die offene Tür in die Diele hinaus. Es schien niemand da zu sein. Ich hob das Gewehr auf und beschnupperte den Lauf. Er roch leicht nach Pulver. Dann öffnete ich den Verschluß: Der Lauf war trocken, und am Zug waren Spuren von Pulver. Das Gewehr war also vor kurzem benutzt worden. Ronald the Fox gehörte nicht zu den Leuten, die ihr Gewehr wegstellten, ohne es vorher sorgfältig zu ölen.

»Seit wann hast du die Erlaubnis, mit meinem Gewehr abzuhauen, Junge?« sagte eine zornige Stimme hinter mir.

Ich schoß herum.

Ronald the Fox stand in der Tür, den Kopf vorgereckt wie ein Raubvogel.

»Ich . . . ich habe es mir nur angeschaut«, stotterte ich. »Ich wollte nicht damit abhauen.«

»Nein, du wolltest es gerade zurückbringen«, sagte er wutschnaubend. Er trat einen Schritt auf mich zu und hatte Mühe, Worte zu finden. »Ich hätte gute Lust, dich windelweich zu hauen!«

»Zurückbringen?« rief ich. »Meine Güte, ich habe es auf der Bank gesehen und bloß in die Hand genommen!«

»Und das soll ich dir glauben?« sagte er höhnisch. »Wofür hältst du mich, Junge? Für einen Vollidioten?« Er stürzte auf mich los und riß mir das Gewehr aus der Hand.

»Ich habe eine Nachricht von Roderick. Deshalb bin ich gekommen«, wehrte ich mich. »Da drüben ist sie, auf dem Tisch. Dein Gewehr lag auf der Bank, ich schwör's. Ich habe es nur aufgehoben und angeschaut, das ist alles.«

Ronald the Fox ging zum Tisch und nahm den Umschlag. Er drehte ihn prüfend in der Hand, machte aber keine Anstalten, ihn zu öffnen.

»Nun, es ist merkwürdig«, sagte er etwas freundlicher. »Ich war letzte Nacht fort, und als ich nach Hause kam, stellte ich fest, daß mein Gewehr verschwunden war.«

»Und heute morgen«, sagte ich frech, »warst du heute morgen auch fort?«

Er musterte mich von oben bis unten. »Ja, heute morgen war ich auch fort«, sagte er langsam. »Vielleicht hat der Kerl, der mein Gewehr mitgenommen hat, es wieder zurückgebracht, während ich weg war.« Er schüttelte den Kopf. »Was sind das für Zeiten, in denen einer seine Tür verschließen und verriegeln muß, sobald er aus dem Haus tritt!«

»Jedenfalls war ich es nicht, der dein Gewehr genommen hat«, sagte ich entschieden.

»Nein, das glaube ich dir sogar«, sagte er freundlich, »und es tut mir auch leid, daß ich so über dich hergefallen bin, Junge. Aber trotzdem hast du kein Recht, mit dem Ding herumzuspielen. Ein Gewehr ist eine gefährliche Waffe. Wenn du klug bist, läßt du die Finger davon.«

»Ich habe es mir bloß angesehen«, wiederholte ich und ging, bevor er Rodericks Brief aufmachen und lesen konnte.

Ich rannte nach Hause, ohne einen Augenblick stehenzubleiben. Ronalds Schläue war schon bewundernswert: Er hatte gesehen, wie ich das Gewehr untersuchte, und sofort begriffen, daß ich nun wußte, daß vor kurzem jemand damit geschossen hatte. Und auf der Stelle hatte er eine Geschichte parat – das Gewehr sei ihm gestohlen worden, als er nicht zu Hause war. Wirklich ein gerissener Kerl.

Meine Mutter war beim Gemeindeabend in der Kirche, als ich zurückkam, aber Marion und Catherine Isobel saßen in der Küche.

»Habt ihr Roderick gesehen?« fragte ich sie.

»Er war vor kurzem hier«, sagte Marion. »Er hat nach dir gefragt. Komisch, daß du ihm nicht begegnet bist. Er ist noch nicht lange weg.«

»Wohin ist er gegangen?«

»Er hat gesagt, er wolle zu Ronald the Fox«, antwortete Marion, »und dir sollen wir sagen, daß du zu Hause bleibst und heute abend erst losgehst, wenn es soweit ist. Was machst du denn heute abend?« forschte sie.

»Ich weiß es nicht«, sagte ich, und in gewisser Weise stimmte es sogar.

Sobald ich gegessen hatte, verdrückte ich mich, denn ich hatte keine Lust auf weitere Fragen von irgendwelchen Leuten, die zu Roderick wollten. Ich ging zum grünen Hügel, der zwischen der Straße und den Klippen lag, und setzte mich ins Gras, um nachzudenken. Zeit genug hatte ich, und außerdem lag die Stelle auf meinem Weg zum Schwarzen Felsen.

Ich konnte nicht begreifen, warum Roderick zu Ronald the Fox gegangen war. Ich überlegte hin und her, aber es dauerte eine Ewigkeit, bis mir die Erklärung dämmerte. Sie war so einfach, daß ich im nachhinein nicht verstand, wie ich so begriffsstutzig hatte sein können. Roderick würde den Langen mit Gewalt zum Schäferhaus bringen. Sobald er ihn dort hatte, würde er ihn zwingen, vor allen Männern des Dorfes zu gestehen. Und ich hatte mir stundenlang das Gehirn zermartert, ehe ich darauf gekommen war! Ich stand auf und machte mich auf den Weg in Richtung des Schwarzen Felsens. Als ich dort ankam, kletterte ich über die Böschung auf der anderen Seite der Straße und steuerte langsam auf die Holunderbüsche zu, die die Ruine des alten Hauses umschlossen. Es war niemand zu sehen; und da es schon zu dunkeln anfing, wurde mir doch etwas mulmig bei der Vorstellung, noch näher heranzugehen. Ich blieb eine Weile stehen und warf immer wieder rasche Blicke auf die finsteren Mauern der verlassenen Hütte. Offenbar war ich der erste, und vielleicht würden die anderen überhaupt nicht kommen.

Schließlich ging ich an den Bäumen vorbei zu dem alten, verfallenen Erdwall, der ungefähr fünfzig Meter entfernt am Rand der Klippen entlangführte. Das Meer unter mir war wie Glas, aber von Osten her wälzte sich eine dicke, weiße Nebelwand langsam und stetig auf die Insel zu. Bald würde sie über den Rand der Klippen heraufsteigen und landeinwärts ziehen.

Mir wurde schwindlig beim Anblick dieser langen, steilen Felswand und der See tief drunten, und so wandte ich mich von dem Wall ab. In diesem Moment hörte ich Stimmengewirr von der Straße her. Es waren die Männer aus dem Dorf. Alle, ohne Ausnahme. Vermutlich waren sie unterwegs aufeinander gestoßen und hatten sich entschlossen, gemeinsam zum Schäferhaus zu marschieren. Ich rannte zurück und holte sie ein, als sie gerade die Holunderbüsche erreicht hatten.

Sofort bestürmten sie mich von allen Seiten so mit Fragen, daß ich gar nicht zu Wort kam.

»Wo ist Roderick?«

»Was soll das Theater?«

»Will er uns für dumm verkaufen?«

»Wann hast du ihn zuletzt gesehen?«

»Wieso bestellt er uns alle hier herauf?«

Ich blickte in die Runde der Gesichter und wußte nicht, wem ich zuerst antworten sollte. Zu meiner Überraschung war Ronald the Fox auch da; er schaute verdrießlich drein, machte jedoch keinen wirklich niedergeschlagenen Eindruck. Nur von Roderick war nichts zu sehen.

Red Alistair setzte der Fragerei dann ein Ende. »Roderick hat uns zum Schäferhaus bestellt«, erklärte er. »Dann sollten wir auch dorthin gehen. Also kommt mit.« Er schritt durch die Büsche voran, auf den Eingang des Hauses zu.

»Wir sind jetzt nahe genug, Alistair«, sagte Angus Malcolm voller Unbehagen. »Keine zehn Pferde kriegen mich da hinein.«

»Wahrhaftig, es läuft einem schon kalt über den Rücken, wenn man bloß davorsteht«, sagte Fair Duncan. »Kein Wunder, daß sich der alte Schäfer die Gurgel durchgeschnitten hat.«

»Es ist besser, solche Geschichten gar nicht aufzurühren«, sagte Black William mit einem ängstlichen Blick auf die finstere Ruine. »Ich sage euch, Leute, alleine würde ich hier nie herkommen, und wenn ich tausend Pfund dafür bekäme.«

»Ich auch nicht«, sagte Hector der Schuhmacher.

Der Himmel wurde immer dunkler, und als ich durch den Ring von Bäumen zurückschaute, konnte ich den alten Erdwall nicht mehr erkennen, weil ihn der vorrückende Nebel bereits verschluckt hatte.

Nach Hectors Worten trat ein langes, angespanntes Schweigen ein. Alle Augen waren auf die Ruine gerichtet. Der eigenartige traurige Schrei eines Brachvogels drang durch die Nacht zu uns herüber, und ich merkte, wie Red Alistair zusammenfuhr.

»Ach, Roderick will uns bloß foppen«, sagte Thomas the Marag plötzlich mit seiner dröhnenden Stimme und lachte geräuschvoll. »Ich glaube, er hat sich in der alten Hütte versteckt und lacht sich halbtot über uns.«

»Ich jedenfalls gehe nicht rein und sehe nach«, erklärte Angus Malcolm. In diesem Augenblick fiel mir ein, daß ich mit Roderick ein Zeichen verabredet hatte. Ich pfiff also die ersten Takte von *Eilean a' Cheo.* Nichts geschah.

»Ach was, wovor habt ihr denn Angst?« spottete der Marag. »Da ist nichts weiter als ein Haufen alter Steine – und Big Roderick dahinter.« Er schritt entschlossen auf den Eingang des Schäferhauses zu und trat ins Innere. Ich hörte, wie er ein Streichholz entzündete, und sah das Aufzucken der Flamme. Ein zweites, ein drittes, ein viertes Streichholz flammte auf.

»Nun?« fragten die Männer im Chor, als er wieder herauskam.

»Das Haus ist leer«, sagte der Marag. »Nicht einmal ein Gespenst ist da drin.«

Die Männer verstummten erneut, und ich pfiff noch einmal den Anfang von *Eilean a' Cheo,* diesmal viel lauter.

Zunächst geschah noch immer nichts, dann ertönte plötzlich eine Stimme von ganz hinten aus der alten Hütte. Es war eine tiefe, schleppende Stimme; eine nur allzu bekannte Stimme. Es war eine Stimme, von der ich geglaubt hatte, ich würde sie nie mehr hören. Ein eisiger Schauder lief mir über den ganzen Körper. Ich bekam eine Gänsehaut, und die Haare auf dem Kopf standen mir buchstäblich zu Berge. Neben mir stöhnte jemand.

Es war die Stimme des Aisling, die aus dem Spukhaus kam, und sie sagte: »Oh, es war kalt im Fluß, so kalt.«

Kapitel 18

Ronald the Fox traten die Augen aus dem Kopf wie einem Kaninchen in der Schlinge. Seine Lippen bewegten sich, aber er brachte nur ein ersticktes Blöken unten im Hals zuwege.

Red Alistairs rote Backen waren bleich geworden. Zum ersten Mal in meinem Leben sah ich diesen Mann, dessen Gang immer so gerade und aufrecht war, gebeugt; ich dachte, er werde gleich zu Boden stürzen.

Thomas the Marag war totenblaß. Er schien zur Säule erstarrt und glotzte mit hypnotisierten Augen auf das schwarze Loch des Hauseingangs.

Angus Malcolm sagte unablässig: »O Dhia! O Dhia!« vor sich hin, und Black William murmelte etwas Unverständliches in seinen Bart. Fair Duncan und Hector der Schuhmacher standen stumm und unbeweglich, als seien sie zu Stein geworden.

Die tiefe, schleppende Stimme ertönte aufs neue im Inneren des Spukhauses. Ich verstand jedes Wort so deutlich, als sei ich direkt in der Tür.

»Es war zu kalt im Fluß.«

Ich begann unkontrolliert zu zittern und ballte die Fäuste so fest, daß sich meine Fingernägel in die Handflächen gruben, aber es half nichts. Wieder stöhnte jemand auf.

Die Stimme des Aisling kam laut und klar und sagte: »Ich bin gekommen, um dich zu holen, Thomas.«

»Nein!« Die Stimme des Marag war ein einziges Kreischen. Er wich ein paar Schritte zurück.

»Ich bin gekommen, um dich zu holen, Thomas«, wiederholte die Stimme.

»Nein, nein«, schluchzte der Marag und hielt die Hände von sich gestreckt. »Es war ein Unfall, Peter. Ich habe dich nicht ins Wasser stoßen wollen, das weißt du doch. Ich habe dich nicht hineinstoßen wollen. Das habe ich nicht gewollt. Das habe ich . . .«

Seine Stimme verebbte in einem hilflosen Gurgeln. Er rang nach Atem. »Ich bezahle für die Schafe, Peter«, keuchte er. »Für jedes einzelne. Das schwöre ich. Aber tu mir nichts!«

Auf unsicheren Beinen schwankend, stand er mehrere Meter hinter den anderen Männern und hielt noch immer die Hände ausgestreckt, als wolle er den Geist des Aisling abwehren. Aber der Bann war gebrochen. Die Männer drehten sich wie auf ein Kommando um. Sie kehrten dem Spukhaus den Rücken und sahen den Marag an. Keiner sagte etwas, doch ich hörte schweres Atmen und ein dumpfes, zorniges Knurren.

Ich wandte mich dem Schäferhaus zu, als Roderick aus der Tür trat. Auch der Marag konnte ihn sehen. »Es war ein Trick«, sagte er leise, und dabei wurde sein Gesicht noch blässer, sofern das überhaupt möglich war. »Nur ein Trick.«

»Für dich immer noch besser als der Geist des Aisling, oder?« sagte Roderick grob. Er hatte sich inzwischen in die Reihe der Männer gestellt, die dem Marag gegenüberstanden. »Der Aisling war nicht so schwer von Begriff, der arme

Bursche. Er hat gewußt, daß du es bist, der unsere Schafe stiehlt. Nicht wahr, Thomas? Und deshalb hast du ihn . . .«

»Nein!« Die Stimme des Marag schnappte über. Er schaute gehetzt in die feindseligen Gesichter der Männer, die inzwischen einen Halbkreis um ihn gebildet hatten.

»Es war ein Unfall«, sagte er erregt. »Peter hat mir einen Schlag versetzt. Wir haben uns geprügelt, und dabei ist er rückwärts hineingefallen. Ich wollte ihn festhalten, aber er war im Wasser, bevor ich ihn packen konnte.«

»Aber die Schafe hast du gestohlen«, sagte Roderick.

Der Marag straffte die Schultern und richtete sich auf. In seiner Stimme schwang sogar ein gewisser Trotz. »Ja, die Schafe habe ich gestohlen«, erklärte er dreist. »Das gebe ich vor euch allen zu. Aber ein Mörder bin ich nicht!«

»Das mag sein«, sagte Roderick, »aber du hast etwas getan, was fast so schlimm ist wie ein Mord. Du hast versucht, den Namen eines Unschuldigen zu morden. Du hast versucht, mir weiszumachen, Ronald sei der Schafdieb.«

Der Marag schob die Daumen unter den Gürtel, sagte aber nichts. »Du hast Ronalds Gewehr gestohlen und mich damit am Loch Dubhar-sgoth in Schach gehalten«, fuhr Roderick fort. »Dann hast du die Schafe eingefangen und in dem alten Haus dahinten eingesperrt« – er zeigte mit dem Daumen über die Schulter –, »von jedem ein paar, nur Ronalds hast du in Ruhe gelassen. Und wenn ich nicht von selber zum Schäferhaus gegangen wäre, hättest du Himmel und Hölle in Bewegung gesetzt, damit ich auch ja sähe, was ich sehen sollte. Ausgerechnet du, der die ganze Zeit so scharf darauf war, den Schafdieb zu erwischen.«

»Am Loch hat Norman auf dich geschossen, nicht ich«, sagte der Marag. »Aber Norman weiß nichts von den Schafen«, ergänzte er laut. »Ich habe ihn angestiftet, auf dich zu schießen. Das war auch gar nicht schwer, nach der Tracht Prügel, die du ihm verpaßt hast. Ich habe ihm gesagt, er könne es dir heimzahlen, indem er dir am Loch einen rechten Schrecken einjagt.«

»Das glaube ich dir unbesehen«, sagte Roderick. »Und was sollte der Zettel, den er so auffällig für mich hingelegt hatte?«

»Ach, er hatte nicht die leiseste Ahnung, was das heißen sollte«, sagte der Marag verächtlich. »Norman hat ein Hirn wie ein Spatz.«

»Und wer war der zweite Mann, der dir geholfen hat«, fragte Roderick, »der Fahrer des Lieferwagens?«

»Du wärst kein Stück klüger, wenn du seinen Namen wüßtest«, entgegnete der Marag trotzig. »Er stammt von drüben, von Dingwall, aber von mir wirst du nie erfahren, wie er heißt.«

»Warum hast du das getan, Thomas?« fragte Ronald the Fox ruhig. »Warum?« Die Stimme des Marag war laut und kräftig wie in alten Zeiten, aber der Ausdruck in seinem Gesicht war anders. Ohne das vertraute, stets gegenwärtige Lächeln um seine Lippen hatte das Gesicht etwas Hartes, ja Rücksichtsloses.

»Warum?« wiederholte er. »Ihr alle habt über den armen Thomas gelacht. Ausgelacht habt ihr mich. Oh, ich weiß genau, was man über mich erzählte! ›Thomas hat immer genügend Zeit für ein ausgiebiges Ceilidh. Auf seinem Croft gibt's nichts für ihn zu tun. Seht euch doch das Stück Land an, das er hat! Es ist nicht wert, daß man es umpflügt.‹« Er spuckte aus. »Ja, es ist ein ganz erbärmlicher Croft. Und warum ist mein Vater ausgerechnet darauf sitzengeblieben? Ich will es euch sagen. Weil man ihn um den Croft betrogen hat, auf dem du sitzt, Ronald. So mußte er jahrelang drüben an der Ostküste als Fischer sein Geld verdienen, um seine Familie ernähren zu können. Was ist das für ein Leben, wenn ein Mann von zu Hause fort muß, um sich und seine Familie durchzuschlagen?«

»Es gibt schlimmere Arten, sein Geld zu verdienen«, sagte Roderick. »Dein Vater hatte bis zuletzt einen ehrenwerten Namen.«

»Einen ehrenwerten Namen!« äffte der Marag nach. »Was nützt ein guter Name? Wie sollte ich denn eurer Meinung nach leben? Sollte ich mich als Hilfsarbeiter verdingen und jeden Tag über Land fahren, während ihr mit einem Haufen Kühen und Schafen euer Geld macht und dabei ein bequemes Leben führt? Mein Vater ist um etwas betrogen worden, was ihm von Rechts wegen zustand.« Er spuckte wieder aus und fuhr sich mit dem Handrücken über den Mund. »Ich habe mir nur einen Teil von dem zurückgeholt, was mir gehört.«

Darauf folgte ein langes Schweigen. Es waren wohl alle genauso sprachlos wie ich. Und wie ich versuchten sie zweifellos die Tatsache zu begreifen, daß Thomas the Marag – derselbe Thomas, der immer lächelte, der immer zu einem Witz aufgelegt war und laut und jovial lachte – ein Schafdieb und vielleicht noch etwas Schlimmeres war.

Red Alistair fand als erster die Sprache wieder. In seiner Stimme lag kein Zorn. »Ich bin froh, Thomas«, sagte er langsam, »daß dein Vater dies nicht hat erleben müssen.«

Auch Ronald the Fox wollte etwas sagen, aber der Marag schnitt ihm mit einem Knurren das Wort ab. »Spar dir deine Worte, Ronald«, sagte er giftig. »Ich will keine Predigt von dir. Heb deine Stimme auf, damit du dein Geld laut zählen kannst.«

»Für solche wie dich gibt es nur eines, Thomas«, erklärte Black William und ging dabei entschlossen auf ihn zu, »und das ist eine solide Tracht Prügel.«

Im Nu hatte der Marag das Messer in der Hand. Ich hörte das scharfe Klicken, als er die lange Klinge herausklappte.

William wich vor ihm zurück. Alle Männer rückten näher zusammen und traten ein paar Schritte zurück, auch ich.

Nur Roderick hatte sich nicht bewegt. Er stand jetzt allein dem Marag gegenüber. »William hat ganz recht, Thomas«, sagte er leise. »Nur werde *ich* die Rechnung mit dir begleichen.«

Thomas trat mit drei schnellen Schritten zurück und hielt das Messer wie einen Dolch in der Faust. »Komm nicht näher, Roderick«, fauchte er, »sonst kriegst du das Messer zu spüren!«

Roderick lachte bloß.

Der Nebel war inzwischen stetig landeinwärts gezogen. Er hing in den Holunderbüschen und hatte alles, was dahinter lag, verschluckt. Ich spürte ihn feucht und kalt auf meinem Gesicht.

Roderick ließ die Arme hängen und ging in geduckter Haltung auf den Marag zu. Aber noch ehe er zwei Schritte getan hatte, schob sich Red Alistair an mir vorbei und warf sich auf ihn. Die beiden rangelten miteinander, Roderick versuchte ihn abzuschütteln, und der alte Alistair klammerte sich verzweifelt an seine Arme. Und dann drehte sich der Marag urplötzlich um und rannte los.

»Schnell«, rief ich. »Sonst entkommt er!«

Fair Duncan und Black William stürzten sofort hinterher. Red Alistair ließ Roderick los, und der flitzte ebenfalls wie ein Kaninchen davon, ich hinter ihm drein. Die übrigen Männer hörte ich wie eine Herde Kühe hinter uns herstampfen.

Thomas rannte wie besessen, obwohl er keine fünfzehn Meter weit sehen konnte. Vielleicht hatte er völlig den Verstand verloren und vergessen, was hinter den quellenden weißen Nebelbänken lag. Vielleicht wußte er es auch ganz genau, und es war ihm egal.

Jedenfalls hörten wir plötzlich einen langen, wilden Schrei. Ich blieb wie angewurzelt stehen. Die anderen kamen heran, und ich schaute in ihre starren, entsetzten Gesichter. Alle schwiegen.

Es bedurfte keiner Worte. Wir alle wußten, was der Schrei bedeutete. Es war der letzte, verzweifelte Schrei eines Mannes, der über die Klippen gesprungen war und in die Tiefe stürzte, wo ihn die See erwartete.

Kapitel 19

»Nun ist es aus mit ihm«, sagte Roderick grimmig. »Direkt über die Klippen, da gibt's keine Rettung.«

Red Alistair fuhr sich mit der Hand übers Gesicht. Er war doch schon recht alt, der arme Alistair. Die Nacht mußte ihn ziemlich mitgenommen haben. »Ach ja«, sagte er langsam, »vielleicht war es besser so. Thomas hat Söhne, und vielleicht wird ihr Lebensweg schon schwer genug, ohne daß sie an der Schande ihres Vaters tragen.«

»Da magst du recht haben«, erwiderte Roderick. Er schaute in die Runde. »Was heute nacht hier passiert ist, braucht außer uns niemand zu erfahren. Der Marag ist nicht der erste, der bei dichtem Nebel über die Klippen gestürzt ist.«

Die Männer murmelten zustimmend.

»Aber was ist mit Big Norman?« sagte Black William. »War er wirklich so unbeteiligt, wie Thomas gesagt hat?«

»Das glaube ich schon«, sagte Roderick. »Big Norman hat Stroh im Kopf. Sein Vater hätte ihn nie in die Sache mit den Schafen eingeweiht, aus purer Angst, er könnte irgendeinen Fehler begehen.«

»Nie und nimmer«, pflichtete ihm Ronald the Fox bei. »Die Sache ist erledigt, William«, fuhr er fort. »Es gibt nichts mehr dazu zu sagen. Wir wollen das alles so schnell wie möglich vergessen.«

»Nur zu gern«, stimmte Angus Malcolm mit Nachdruck ein. »Ganz besonders diese Nacht. Ich war vor Entsetzen fast gelähmt, kann ich euch sagen. Aber wie kommt es, daß dich der Marag in der Hütte nicht gesehen hat, Roderick?«

»Ich war in den Kamin geklettert«, erwiderte Roderick. »Er kam gar nicht auf den Gedanken, dort nachzusehen.«

»Jedenfalls hast du den Aisling perfekt nachgemacht, Junge«, sagte Hector der Schuhmacher. »Ich hätte schwören können, er sei es.«

»Nun, es ist Gerechtigkeit geschehen«, sagte Ronald the Fox. Er räusperte sich. »Er soll lassen Seele um Seele, Auge um Auge, Zahn um Zahn, wie es schon in der Schrift geschrieben steht.«

Damit machten wir uns alle auf den Heimweg. Jeder hing seinen eigenen Gedanken nach, keiner hatte mehr Lust zu reden.

Als wir das Gatter am Dorfeingang erreichten, forderte mich Roderick auf, den Rest des Weges alleine nach Hause zu gehen. Ich zog nur widerstrebend weiter, und obgleich ich unterwegs trödelte, war ich bereits im Bett, als endlich die Haustür knarrte und Roderick nach oben kam.

Wir lagen noch lange Zeit wach und redeten miteinander. »Warum bist du am Gatter zurückgeblieben?« fragte ich.

»Wir mußten klären, wer mit Big Norman reden soll«, sagte Roderick. »Er muß ja erfahren, was geschehen ist, und du kannst sicher sein, daß er am Ende ganz froh sein wird über die Version von einem Unfall im Nebel. So brauchen wir die Diebereien seines Vaters nirgends zu erwähnen, und er kann weiterhin erhobenen Hauptes umhergehen.«

»Und wer wird es ihm sagen?«

»Red Alistair und Ronald the Fox«, erwiderte Roderick.

Ich schwieg eine Weile. Dann sagte ich: »Roderick – hast du die ganze Zeit geahnt, daß es Thomas war?«

»Ich hatte einen bestimmten Verdacht«, gestand er. »Thomas hatte den schlechtesten Croft im Dorf und konnte es sich trotzdem leisten, seine zwei Jungen zu Hause zu behalten. Keiner von beiden tat je einen Handschlag. Woher kam also das Geld?«

»Aber wieso hast du mir das nicht gesagt?«

Roderick lachte leise vor sich hin. »Du hattest doch deine eigene Theorie«, sagte er, »und hättest mir nie geglaubt. Du warst dir so sicher, Ronald the Fox sei der Dieb.«

»Ja, das stimmt, aber ich hatte auch gute Gründe«, entgegnete ich. »Ich weiß bis heute nicht, weshalb er fortwährend über den Berg schlich. Außerdem hat er einen Elektroherd gekauft, und du hast ja selbst gesehen, welche Tiere er auf dem Markt ersteigert hat. Und wenn er ins Lange Tal ging, gab er immer gut acht, daß ihn niemand dabei sah«, schloß ich.

»Er wußte, warum«, sagte Roderick nüchtern. »Ich will es dir sagen, Junge, aber kein Wort darüber zu anderen.«

»Du weißt, ich bin verschwiegen wie ein Grab«, sagte ich entrüstet.

»Also«, fuhr er fort, »nachdem ich dich mit den Briefen losgeschickt hatte, kamen mir Bedenken, daß du Ronald gegenüber vielleicht etwas Falsches sagen könntest. Ich bin also zu ihm hingegangen und habe ihm ins Gesicht gesagt, daß er mehrfach gesehen worden sei, wie er über den Berg nach Hause schlich, und daß die Leute bereits darüber reden, und nicht allzu freundlich, wie er sich denken könne. Nun, Ronald hatte einen triftigen Grund für seine nächtlichen Wanderungen. Der Bursche will wieder heiraten.«

»Was!«

»Du hast richtig gehört«, lachte Roderick. »Die Witwe im

Langen Tal, die mit dem kleinen Laden. Sie lebt mit ihrem Bruder zusammen.«

»Ja, ja, das sieht dem Langen ähnlich«, sagte ich. »Die hat natürlich einen Batzen Geld.«

»Vermutlich«, sagte Roderick. »Jedenfalls die Male, da du Ronald gesehen hast, kam er jeweils von einem Besuch bei der Witwe und ihrem Bruder im Langen Tal zurück.«

»Aha. Und er will wahrscheinlich nicht, daß es jemand erfährt, weil er Angst hat, alle würden ihn gewaltig damit aufziehen.«

»Du kennst doch das Dorf«, sagte Roderick. »Sie würden wochenlang tratschen. Du kannst also sicher sein, daß Ronald bis kurz vor der Heirat keinen Ton verlauten lassen wird.«

»Aber wo warst du in der Nacht, als ich draußen war und das Haus des Langen beobachtete?« sagte ich. »Das Bett war leer, als ich zurückkam, und du hast mir nie erzählt, was du in der Zeit gemacht hast.«

»Ich wollte eigentlich zum Haus von Thomas, sobald du schliefst«, sagte er. »Aber du machtest keine Anstalten einzuschlafen, also versuchte ich dich zu überlisten. Als du aufstandst und hinausgingst, bin ich dir gefolgt. Doch ich bin auf der Südseite über den Croft gegangen, so daß du mich nicht sehen konntest. Dabei entdeckte ich den Marag, wie er die Straße herunterlief. Als er dich sah, folgte er dir heimlich auf dem Weg zur Schmiede.«

»Dann habe ich mir das also doch nicht eingebildet«, sagte ich. »Es war tatsächlich jemand hinter mir her.«

»Ja, das hast du dir nicht eingebildet«, sagte Roderick. »Nach einer Weile machte er kehrt und ging nach Hause. Möglicherweise kam ihm die Idee, das Ganze Ronald in die Schuhe zu schieben, als er dich so auf der Lauer liegen sah.«

»Aber . . .«, wollte ich einwenden.

»Kein Aber mehr«, sagte Roderick. »Es ist schon Donnerstag morgen, Junge, und am Freitag muß ich um sechs Uhr früh wieder gehen.«

»Na dann, gute Nacht, Roderick«, sagte ich und schlief mit dem Gedanken ein, daß wir ja noch einen ganzen Tag zusammen vor uns hatten und daß es nichts mehr gab, was ihn trüben konnte.

Doch der Tag verging wie im Flug. Jedermann im Dorf schaute auf einen kurzen Sprung bei uns vorbei, um sich von Roderick zu verabschieden, und er selbst besuchte Kenneth the Soldier und ein paar andere der Alten, so daß ich ihn keinen Augenblick für mich hatte. Bevor ich es recht begriffen hatte, war es Freitag morgen, und ich marschierte neben Roderick über den Croft zum Krämerladen.

Dort angekommen, schauten wir beide die Straße hinunter und entdeckten, daß der rote Bus sich bereits der Brücke näherte. Ronald war wieder einmal zu früh dran.

Er hielt auf unserer Seite der Brücke. Ich sah einen Mann und ein Mädchen, die beide über die Straße auf den Bus zugingen. »Das ist Lachie«, sagte Roderick. »Sehr lange war er nicht daheim, der arme Kerl. Catherine Isobel bringt ihn zum Bus.«

»Dann hast du wenigstens Gesellschaft«, sagte ich.

»Oh ja«, sagte Roderick, »aber man trifft sowieso fast immer irgendeinen Bekannten auf dem Boot oder im Zug.« Das altvertraute warme Lächeln huschte über sein Gesicht. »Die Welt ist klein, Junge.«

Jetzt kam der Bus langsam die Steigung heraufgeschnauft. Er fuhr an der Schule vorbei, und eine Minute später würde er vor dem Laden halten. Roderick versetzte mir einen freundschaftlichen Stoß gegen die Brust und streckte mir die Hand hin. »Also dann, Junge«, sagte er. »Behüt dich Gott, und vergiß nicht, daß du der Mann im Haus bist.«

Ich drückte ihm lange und fest die Hand. Als der Bus

hielt, sprang er mit einem Satz hinein und drehte sich nicht mehr nach mir um. Ich sah dem Bus nach, wie er erneut die Steigung hochächzte. Ich sah ihm nach, bis er das Gatter passiert hatte und in der Ferne verschwand.

Ich mußte mich immer wieder wundern über Roderick. Wie brachte er es fertig, ohne einen Blick zurück davonzugehen? Ich selbst hätte nie in den Bus einsteigen können, ohne nicht zumindest einmal zurückzuschauen. Ich war mit diesem Flecken Erde viel zu sehr verwachsen, um ihn einfach so hinter mir zu lassen. Und das würde sich wohl nie ändern.

Da waren die stürmischen Winterabende, an denen ich mit Kenneth the Soldier am Feuer saß und seinen Geschichten von fremden Kontinenten und von Kämpfen aus vergangenen Zeiten lauschte; da war die besinnliche Ruhe langer Sonntage mit all den vertrauten Gesichtern in der Kirche; da waren die Sommerabende unten auf den Felsen mit einer Angel in der Hand und einer Mahlzeit von frisch gefangenem Fisch hinterher; da waren die wunderbaren Gerüche und Geräusche und die Schönheit des Landes. Das alles würde ich nie hinter mir lassen können ohne einen Blick zurück.

Ich schaute die Straße hinunter zur Brücke. Catherine Isobel saß auf der steinernen Brüstung. Sie sah mich und winkte. Ich winkte zurück und rannte auf sie zu.